조돈형 新무협 판타지 소설
FANTASTIC ORIENTAL HEROES

장강삼협 14

조돈형 新무협 판타지 소설

초판 1쇄 찍은 날 § 2013년 10월 28일
초판 1쇄 펴낸 날 § 2013년 11월 4일

지은이 § 조돈형
펴낸이 § 서경석

편집부장 § 권태완
편집책임 § 박은정

펴낸곳 § 도서출판 청어람
등록번호 § 제1081-1-89호
등록일자 § 1999. 5. 31
어람번호 § 제2-2417호

주소 § 경기도 부천시 원미구 심곡2동 163-2 서경B/D 3F (우) 420-822
전화 § 032-656-4452 팩스 § 032-656-4453
http://www.chungeoram.com
E-mail § chungeorambook@daum.net

ISBN 978-89-251-3535-9 04810
ISBN 978-89-251-2574-9 (세트)

조도형 新무협 판타지 소설

장강삼협

[2부] 14

長江三峽

FANTASTIC ORIENTAL HEROES

峽三山巫

청어람

第三十六章

여명(黎明)

동이 트고 있었다.

밤새 이어졌던 치열한 혈전도 조금씩 끝이 보이고 있었다.

패왕사를 두고 배수의 진을 쳤던 유대웅 일행은 패색이 짙어 있었다.

싸움이 시작되고 얼마 후, 단혼마객이 소수의 병력을 이끌고 가장 먼저 합류하고 곧이어 장강무적도 뇌하와 사천무제 당성까지 도착했지만 워낙 막강한 전력을 지니고 있던 천추세가는 크게 동요하지 않았다.

오히려 주 전력을 뒤로 물리고 대기하고 있던 녹림십팔채의 병력을 대규모 투입하며 상대를 압박했다.

기적적으로 정신을 차린 유대웅이 잠시나마 엄청난 신위를 보여주며 반전의 기회를 만들어 냈으나 부상이 완치된 것이 아니라 내부를 뒤흔들던 선천지기를 몰아내면서 일시적으로 회복을 한 것이기에 활약은 길지 못했다.

무엇보다 난데없이 등장한 하후세가의 병력은 장강수로맹에서 도착할 지원군을 기다리며 마지막 힘을 내고 있던 이들을 주저앉히기에 충분했다.

오대세가 중 하나인 백리세가를 공략한 이후라 세가의 일부가 도착한 것이었지만 그것만으로도 충분했다.

세간에 알려진 것보다 하후세가가 지닌 힘은 훨씬 더 막강했다.

기습이기는 했어도 전통과 실력을 자랑하는 산동악가, 백리세가가 속수무책으로 무너진 것만 해도 그들의 힘을 능히 짐작할 수 있었다.

하후세가가 도착하면서 싸움은 사실상 끝이 난 것이나 다름없었다.

"질긴 놈들이군요."

하후세가의 병력을 이끌고 달려온 소가주 하후정이 숨이

끊어지는 순간까지 무기를 손에 놓지 않는 이들을 보며 고개를 흔들었다.

"질기지. 수적이라고 우습게 볼 것이 아니라네. 자네들이 아니면 큰 망신을 당할 뻔했어."

양조굉이 쓴웃음을 지으며 말했다.

"그럴 리가요. 제가 보기엔 다소 피해가 있기는 해도 이미 끝난 싸움이었습니다."

하후정이 가볍게 응수했다.

아닌 게 아니라 하후세가가 도착하지 않았다고 해도 싸움의 결과가 바뀔 상황은 아니었다.

고전을 했다고는 해도 천추세가의 주력이 건재했고 녹림십팔채에서 동원한 병력은 화살받이로 사용하기에 넘치도록 많았다.

"아닐세. 그래도 모르는 일이지. 무림십강에 버금간다고 알려졌던 음양쌍괴가 그렇게 쉽게 무너질 줄은 누가 알았겠는가? 사천무제를 공격했던 비마와 오독마녀는 어떻고? 저들이 아니었으면 모조리 황천행이었어."

양조굉이 뇌하와 당성을 합공하고 있는 백발의 노인들을 가리키며 말했다.

그들은 하후세가의 원로들로 세상에 제대로 알려지진 않았지만 하나같이 고수가 아닌 자들이 없었다.

양의합벽검진을 펼치던 음양쌍괴를 간단히 도륙한 뇌하가 원로들의 합공에 나름 고전을 했고 비마와 오독마녀를 빈사상태까지 몰고 간 당성 또한 그들을 돕기 위해 나타난 이들과 어울리며 힘겨운 싸움을 하고 있었다.

"확실히 저들은 무섭군요. 본가에서 열 손가락 안에 꼽히는 분들의 합공을 받으면서도 저 정도까지 움직일 수 있다니요."

하후정은 뇌하와 당성의 싸움을 보면서 혀를 내둘렀다.

특히 세 원로의 합공을 받으면서도 오히려 기세를 떨치는 뇌하를 보며 사람들이 어째서 그를 장강무적도라 부르는지 뼈저리게 느낄 수 있었다.

"그래도 이제는 끝난 싸움이네. 놈들에겐 더 이상 버틸 여력이 없어."

전장으로 시선을 돌리며 승리를 단언하는 양조굉의 표정은 어딘지 모르게 씁쓸하기만 했다.

그럴 만도 한 것이 당연히 이겨야 하는 싸움이었고 쉽게 끝냈어야 하는 싸움이었건만 동이 틀 때까지 결말을 내지 못한 것은 물론이고 피해 또한 상당했기 때문이었다.

이겨도 이긴 것 같은 느낌이 들지 않았다.

"힘들군."

피투성이가 된 뇌우가 단혼마객의 어깨에 몸을 기대며 긴 숨을 내뱉었다.

뇌우 못지않게 많은 부상을 당한 단혼마객 역시 거친 호흡을 내뱉으며 고개를 흔들었다.

"그래도 아직 포기할 단계는 아닙니다. 곧 지원군이 도착할 겁니다."

"자네가 이곳에 도착한 지도 벌써 한 시진이 넘게 흘렀네. 그놈의 지원군은 대체 언제 도착한단 말인가?"

"곧 올 겁니다. 아까 말씀드렸다시피 상선을 타고 오다 보니 아무래도……."

"그렇다고 해도 이렇게 굼뜰 줄 몰랐어. 차라리 자네가 먼저 오는 것이 아니라 남아서 닦달을 했어야 하는 건 아닌가 싶네."

애써 화를 억누르며 던지는 뇌우의 말에 단혼마객이 쓴 웃음을 지으며 고개를 흔들었다.

"채근한다고 배가 더 빨라지진 않을 겁니다."

"답답해서 하는 말이지. 하긴, 얼마나 배가 느렸으면 그걸 참지 못하고 자네가 먼저 달려왔을까? 자네와 저 아이들이 아니었으면 이미 끝난 싸움이었을 것이고."

뇌우가 이제는 모조리 목숨을 잃고 쓰러진 스무 명의 호천단원의 주검을 바라보며 한숨을 내뱉었다.

"하아! 하아!"

거친 숨을 내뱉으며 칼을 휘두르는 상관화의 모습은 처절하다 못해 아름답기까지 했다.

홀로 고립되어 있는 그를 향해 십여 명이 넘는 녹림도가 에워싸고 공격을 퍼부었으나-지금껏 그랬던 것처럼 상관화는 전력을 다해 그들과 맞섰고 대부분을 쓰러뜨렸다.

하지만 적은 여전히 많았고 아무리 쓰러뜨려도 금방 인원이 채워졌다.

또 한 번의 충돌이 있기 전, 팔짱을 끼고 한참이나 싸움을 지켜보던 한 사내가 공격을 잠시 중단시키고 상관화를 향해 걸어왔다.

동료들의 죽음에 분노하고 있던 녹림도들이 불만스런 표정으로 바라보았으나 별다른 제재를 하는 사람은 없었다.

공격을 중단시킨 사내의 이름은 하후잠(夏候潛).

하후세가의 직계 장손으로 장차 하후세가를 이끌어갈 인물이었다.

"네 이름이 뭐냐?"

하후잠이 칼 한 자루에 의지해 힘겹게 버티고 있는 상관화에게 물었다.

상관화의 차가운 시선이 하후잠에게 향했다.

지금껏 다짜고짜 공격해 오던 적들과는 뭔가 다른 느낌에 자신도 모르게 입을 열었다.

"상관화."

"장강수로맹인가?"

상관화가 고개를 끄덕였다.

"그러는 너는 누구냐?"

"하후잠이라고 한다. 하후세가에서 왔다."

조용히 대답하는 하후잠의 얼굴에 안타까움이 깃들었다.

"아쉽다. 정상적인 몸 상태라면 좋았을 것을."

하후잠은 거듭해서 격전을 펼친 상관화가 제대로 칼을 들지 못할 상황이라는 것을 정확하게 파악하고 있었다.

녹림도를 상대로 어느 정도 버틸 여력이 있을지는 몰랐지만 자신의 상대는 될 수가 없었다.

"누구에겐 다행스런 일이겠지."

상관화가 피식 웃으며 대꾸했다.

"훗, 오만할 정도로 자신감에 차 있군. 그래서 더욱 아쉬운 것이지만."

마주 웃은 하후잠이 천천히 몸을 돌렸다.

"그럴 가능성은 희박하겠지만 만약 운 좋게 살아남는다면……."

상관화가 씨익 웃으며 말을 잘랐다.

"그 말을 후회하도록 해주지."

"행운을 빌지."

말을 마친 하후잠이 몸을 돌렸다.

흉폭한 살기를 드리우며 기다리고 있던 녹림도들이 일제히 상관화를 덮쳐왔다.

하후잠이 벌어준(?) 시간을 통해 잠시나마 호흡을 고른 상관화가 매섭게 칼을 휘두르며 낙뢰도법을 펼쳤다.

좌우에서 그를 공격해 오던 녹림도들의 저마다 비명을 지르며 쓰러졌다.

그중에서 목숨을 걱정해야 할 정도로 치명적인 상처를 입은 사람은 고작 두어 명에 불과했다.

무림을 위진하는 낙뢰도법의 명성을 생각했을 때 초라하기 짝이 없는 위력이었지만 온몸에 크고 작은 부상을 당하고 내력도 바닥난 상관화에게 그만한 성과도 대단한 것이었다.

목숨을 건진 이들이 곧바로 반격을 가해왔다.

상관화는 칼을 들어 막을 것은 막고, 흘려버릴 것은 흘려버렸으나 사방에서 밀려오는 모든 공격을 완벽하게 막아낼 수는 없었다.

무엇보다 몸놀림이 이전과는 비교할 수도 없이 느렸다.

"크윽!"

상관화의 입에서 비명이 터져 나왔다.

허벅지에서 솟구친 피가 얼굴 위까지 흠뻑 적셨다.

자신을 공격한 상대의 목숨을 단숨에 끊어버린 상관화가 부상의 아픔을 이기지 못하고 비틀거리자 기회를 잡은 녹림도의 공격이 더욱 거세졌다.

'하필이면 다리를…….'

상관화의 얼굴이 참담하게 일그러졌다.

지칠 대로 지친 몸을 이끌고 지금까지 버틸 수 있었던 것은 그나마 상대를 미혹하게 할 수 있는 보법과 이를 제대로 시전할 수 있는 튼튼하고 민첩한 다리가 있었기 때문이었다.

그런데 방금 전의 공격으로 왼쪽 다리에 깊은 자상을 입고 말았다.

뼈가 훤히 드러날 정도의 큰 부상이었는데 동맥이 잘렸는지 지혈을 해도 피가 멈추지 않았다.

"이쯤에서 포기하는 것이 어떠냐? 그럼 깔끔하게 목만 베어주마."

상관화를 포위 공격하던 녹림도 중 한 사내가 누런 이를 들이밀며 웃었다.

그가 수하들을 독려하며 정작 자신은 뒤에 빠져 있던 자임을 확인한 상관화의 입가에 비릿한 웃음이 지어졌다.

"이제야 나서는군. 죽어라 꽁지만 빼더니 이제 좀 해볼 만한 것 같은 모양이지?"

상관화의 조롱에도 이곤(李梱)의 냉막한 표정은 전혀 변화가 없었다.

"진정한 강자는 완벽한 기회를 잡을 때까지 함부로 움직이지 않는 법이지."

그 완벽한 기회란 것이 수하들의 목숨을 담보로 한다는 것을 알면서도 이곤은 눈 하나 깜짝이지 않았다.

"지랄! 네놈만큼은 반드시 죽인다!"

상관화가 욕설을 내뱉으며 이곤에게 달려들었지만 생각대로 다리가 제대로 움직여지지 않았다.

오히려 이곤과 옆에서 그를 치기 위해 달려드는 적에게 치명적인 틈을 노출하고 말았다.

다급히 몸을 틀었지만 옆구리에 또 한 번의 깊은 부상을 당하고 말았다.

"아깝군. 조금만 깊었으면 네놈의 내장이 흘러나오는 것을 볼 수 있었을 텐데 말이다."

상관화의 왼쪽 옆구리에 일검을 적중시킨 이곤이 피 묻은 칼을 혀로 핥으며 웃었다.

좌우에 늘어선 녹림도들이 그 모습을 보며 낄낄거리며

웃어댔다.

모욕감에 몸을 부르르 떠는 상관화.

바로 그때였다.

어디선가 휘파람을 부는 듯한 소리가 들려왔다.

자세히 귀를 기울이지 않으면 그저 새벽에 깬 풀벌레 소리라고 착각할 수 있을 정도로 작은 소리였지만 상관화는 그 소리를 놓치지 않았다.

어찌 놓칠 수 있을 것인가!

오매불망 기다리고 기다리던 소리였다.

상관화의 얼굴에 환한 웃음이 지어지자 잠시 멈칫하던 이곤의 얼굴에도 웃음이 지어졌다.

상관화가 모든 것을 포기했다고 여긴 것이다.

"진작에 포기를 했으면 좋았을 것을. 하지만 늦었다. 결코 곱게 죽지는 못할 것이야. 살이란 살은 모조리 포를 뜰 것이고 뼈마디 또한 가닥가닥 부러뜨려 주마."

상관화가 양팔을 활짝 벌리며 태연히 대꾸했다.

"마음대로. 한데 그게 가능할까? 그전에 네놈 목숨이나 조심하는 게 좋을 거다."

"크크, 무슨 헛소리를……."

조소를 보내던 이곤의 눈이 부릅떠졌다.

그의 커다란 눈에 양팔을 벌린 상관화의 뒤에서 날아오

는 점들이 보였다.

그 점들이 상관화의 머리를, 팔을, 몸통을 스치며 자신과 수하들에게 짓쳐 들었다.

상관화의 머리카락이, 피로 물들고 갈가리 찢긴 옷이 바람에 펄럭였다.

그 바람을 일으킨 화살이 이곤을, 그리고 그의 수하들을 도륙하기 시작했다.

상관화가 천천히 몸을 돌렸다.

패왕사의 모든 공간을 지배하며 날아드는 화살을 확인한 상관화의 눈가에 웃음과 눈물이 교차했다.

"지원군이다! 원군이 도착했다!"

목이 터져라 외친 상관화의 음성이 아니더라도 이미 전장에 들이닥친 화살은 녹림과 천추세가 무인들을 위협하며 지원군의 존재를 확실하게 알렸다.

"저, 저!"

엄청난 속도로 날아들어 수하들을 공격하는 화살을 보며 양조굉은 입을 다물지 못했다.

지금껏 많은 궁수대를 보아왔고 또 천추세가에서도 일정 수의 궁수대를 육성해 왔지만 지금처럼 위협적인 화살을 날리는 궁수대는 단언컨대 한 번도 보지 못했다.

아무리 빠른 화살이라도 어느 정도는 궤적을 읽을 수 있는 것이고 당연히 피할 수도 있었다.

그런데 지금 날아오는 화살은 상식을 벗어날 정도로 빠른 속도를 자랑하고 있었다.

궤적을 파악하기가 거의 불가능했고 파괴력 또한 상상할수 없을 만큼 엄청났다.

"와아아아!"

화살 공격에 이어 패왕사 뒤쪽으로부터 거대한 함성이터져 나왔다.

유성대가 적들에게 화살을 퍼붓는 사이 조용히 육지에상륙한 백호대와 흑호대, 단심대가 전장을 향해 물밀듯이밀려들었다.

선두에 선 것은 이석을 필두로 한 호천단이었는데 사절단에 파견한 인원과 단혼마객이 앞서 데리고 간 인원이 빠졌기에 그 수가 이십이 채 되지 않았다.

"드디어 왔구나!"

뇌우가 기세를 올리며 달려오는 장강수로맹의 병력을 보며 두 주먹을 꽉 움켜쥐었다.

"그러게요."

단혼마객의 입에서도 안도의 한숨이 흘러나왔다.

"호천단은 맹주님의 안위를 확보하고 백호대는 중앙을,

흑호대는 좌측을, 단심대는 우측을 막아라."

지원군을 이끌고 나타난 하연백이 눈보다 하얀 눈썹을 휘날리며 명을 내렸다.

하연백은 명을 받은 수하들이 일사분란하게 움직이는 것을 확인하며 뇌우에게 달려왔다.

"미안하군. 많이 늦었네."

"그러니까. 대체 뭘 하느라 이리 늦은 게야?"

핀잔 섞인 음성엔 고마움이 가득했다.

"상선이라 빠른 줄 알았는데 생각보다 너무 늦더군. 곳곳에 암초도 많고. 강을 거슬러 오르느라 많이 힘들었네. 해사방 때문에 다소 지체된 것도 있고. 이 친구가 참지 못하고 먼저 달려온 이유가 있지 않겠는가?"

하연백이 단혼마객을 가리키며 말했다.

단혼마객이 엷은 웃음으로 자신을 대신해 지원군을 이끌고 도착한 하연백에게 고마움을 표시했다.

"후~"

하연백이 살아남은 생존자를 가늠해 보고는 한숨을 내쉬었다.

"그래도 서두른다고 서둘렀건만 피해가 너무 크군."

"어쩔 수 없는 노릇이지. 그만큼 상대도 강했으니까."

"그나저나 맹주는 어떠신가? 부상이 심하다고 들었네만."

아직 유대웅의 모습을 확인하지 못한 하연백이 고개를 이리저리 돌리자 단혼마객이 잔해만 남은 패왕사로 시선을 돌리며 말했다.

"패왕사 뒤쪽 건물에 계십니다."

하연백의 얼굴이 굳어졌다.

"전해들은 것보다 부상이 심하신 모양이군."

"그런 건 아닙니다. 다만……."

고개를 흔들던 단혼마객은 더 이상 말을 잇지 못했다.

생명이 위독할 정도의 내상과 기적적인 회복, 그리고 잠시 동안 보여주었던 신위에 이어지는 혼절을 단 몇 마디로 설명할 방법이 없었기 때문이었다.

"생사를 걱정해야 할 큰 위기는 넘기셨습니다."

"그런가? 그건 다행이로군."

"쯧쯧, 급하기는. 일단 저놈들을 물리쳐야 다행이란 말도 할 수 있는 것이라네."

뇌우의 핀잔에 하연백이 너털웃음을 흘리며 대꾸했다.

"허허허! 많이 당한 모양이네 그려. 천하의 영사금창이 이리 약한 모습을 보여주다니 말이야."

뇌우가 웃음기를 거두고 씁쓸히 대꾸했다.

"솔직히 부정할 수가 없군. 이렇게 일방적으로 몰리긴 평생 처음이니까."

"그 정도인가?"

평소의 뇌우와는 전혀 다른 진지한 모습에 하연백의 표정도 살짝 굳어졌다.

"얼마나 많은 피해를 입을지 걱정이군."

녹림, 천추세가의 무인들과 치열한 격전을 펼치기 시작한 장강수로맹의 병력을 보며 뇌우의 얼굴은 어둡기만 했다.

지원군의 도착으로 사그라들던 전장의 불꽃은 더욱더 뜨겁게 타올랐고 잠시 소강상태였던 양측의 피해 또한 기하급수적으로 늘어나기 시작했다.

일단의 무리가 들이칠 때만 해도 긴장감을 감추지 못하던 송하연과 활인당 의원들은 그들이 장강수로맹에서 달려온 지원군이라는 것에 안도했다.

"태상장로님!"

이석이 유대웅 곁에 누워 있는 자우령을 보며 달려갔다.

치료를 받기는 했어도 철검서생과의 싸움이 워낙 치열했던 탓에 자우령은 제대로 운신을 못하고 있었다.

"이제서야 왔구나."

"괜찮으십니까?"

이석이 붕대를 칭칭 감은 자우령을 보며 걱정스레 물었다.

"괜찮다. 버틸 만하구나."

"맹주님은 어떠신 겁니까?"

"이 녀석도 괜찮아. 지금은 기력이 다해 잠시 혼절을 했으나 부상도 그렇고 목숨엔 아무런 이상도 없다."

"그렇… 군요. 천만다행입니다."

걱정으로 가득했던 이석의 얼굴이 비로소 조금 펴졌다.

"모두 도착을 한 것이냐?"

"예. 지금 백호대와 흑호대, 단심대가 놈들을 상대하고 있습니다. 황호대와 적호대는 인근에 깔려 있는 적들을 유인하기 위해 먼저 움직였습니다."

"설 호법에게 얘기는 들었다. 상대해야 할 인원이 워낙 많아서 걱정이다. 만만치 않을 것이야."

"마 장로께서 함께 가셨으니 큰 문제는 없을 것입니다."

"음."

마독의 능력이야 익히 알고 있었으나 이번 싸움은 개인의 역량과는 조금 별개인지라 걱정을 멈출 수가 없었다.

"해사방과의 싸움은 어찌 되고 있느냐?"

"그쪽도 큰 문제는 없는 것으로 압니다. 저희가 오강에 접어들 때만 해도 거의 일방적으로 밀어붙였습니다."

"다행스런 일이군."

자우령이 조금은 안도한 얼굴로 고개를 끄덕였다.

"우선 맹주님과 태상장로님을 모시겠습니다."

"우리 두 사람에게 모두가 매달릴 필요는 없다. 위급한 사람이 많아."

자우령이 주변에서 치료를 받고 있는 부상자들을 둘러보며 말했다.

"알겠습니다. 하지만 두 분이 우선입니다."

이석의 단호한 말에 자우령은 아무런 말도 하지 않았다.

호천단의 존재 이유는 다름 아닌 맹주의 안위를 책임지는 것이기 때문이었다.

"맹주님과 태상장로님을 모셔라."

이석의 명이 떨어지기가 무섭게 대기하고 있던 호천단원이 유대웅과 자우령을 업었다.

유대웅과 자우령이 건물에서 빠져나가자 그제야 한숨을 돌린 이석이 유대웅을 치료하고 있던 송하연에게 다가왔다.

건물 내부에 많은 부상자가 있었고 그들을 치료하는 의원도 있었지만 유대웅을 직접 돌봤다는 것은 그만한 이유가 있을 터였다.

"부상자들을 옮기겠습니다. 어찌해야 합니까?"

"예? 아, 예."

잠시 당황하는 듯했으나 송하연은 의원으로서의 본분을 잊지 않았다.

부상의 경중을 파악하고 위급한 이들부터 우선적으로 구조토록 하는 것은 물론이고 이동할 때 따르는 위험성에 대한 세세한 충고도 하였다.

건물 내부에 있던 부상자들은 호천단의 도움을 받아 순식간에 상선으로 옮겨졌다.

무사히 부상자들을 구해낸 호천단은 일부 병력만을 남기고 곧바로 싸움에 끼어들었다.

"피해가 너무 크군요."

걱정이 가득한 하후정의 말에 양조굉이 무거운 표정으로 고개를 끄덕였다.

"녹림십팔채는 더 이상 버틸 수가 없을 것 같습니다. 후방에서 대기하고 있는 인원이 있기는 하지만 지금 투입을 해봐야 별 효과를 거두지는 못할 것 같습니다."

"쓸모없는 것들."

양조굉이 한심하다는 듯 도리질을 쳤다.

천추세가의 정예들 대신 녹림십팔채가 얼마나 큰 피해를 입었는지 전혀 생각하지 않는 듯했다.

"한낱 수적 떼들이라 생각했는데 의외로 강합니다. 개개인의 실력이 녹림도를 압도할 줄을 몰랐습니다."

하후정이 기세를 올리고 있는 흑호대를 바라보며 말했다.

"확실히 여느 수적들과는 달라. 자네가 오지 않았으면 곤란해질 뻔했어."

양조굉이 녹림도를 구원하며 흑호대를 공략하고 있는 하후세가의 무인들을 보며 말했다.

인원은 흑호대에 비해 훨씬 적었지만 실력만큼은 흑호대가 감히 따라오지 못할 정도였으니 하후세가가 어째서 천추세가의 일곱 기둥 중 하나인지 똑똑히 보여주고 있었다.

"그래도 이런 식이면 놈들을 결코 무너뜨리지 못할 것 같습니다. 지금이야 좌측에 지원이 집중되어 있지만 만약 우리 쪽으로 지원이 이뤄지면 버티기 힘들 것 같습니다."

하후정이 천하대를 상대로 힘겨운 싸움을 하고 있는 단심대를 지원하기 위해 날아드는 화살을 가리키며 말했다.

백호대는 물론이고 흑호대에 비해서도 다소 부족한 단심대에게 천추세가의 정예라 할 수 있는 천하대는 상당히 버거운 상대였다.

거의 두 배가 넘는 인원을 가지고도 피해가 속출했다.

그런 상황을 반전시킨 것이 바로 유성대의 지원이었다.

가장 강한 상대와 맞닥뜨렸고 많은 피해를 보면서도 비교적 잘 버티는 백호대와 흑호대와는 달리 단심대는 처음부터 밀리는 기색이 역력했다.

방어의 축이 무너져선 안 된다고 판단한 하연백은 유성대에 단심대를 집중적으로 지원하라 명을 내렸다.

효과는 금방 나타났다.

엄청난 속도와 위력을 지닌 화살이 날아들기 시작하자 거칠게 흑호대를 몰아치던 천하대의 기세가 멈칫했다.

눈 깜짝할 사이에 십여 명이 목숨을 잃으면서 천하대는 당황하기 시작했다.

화살에 신경을 쓰다 보니 눈앞의 흑호대의 공격에도 손발이 어지러워지고 피해가 급증했다.

놀라운 것은 그렇게 많은 화살이 날아들었음에도 단 한 발의 화살도 아군에게 피해를 입히지 않았다는 것이었다.

단순히 멈춰져 있는 것도 아니고 움직임을 예측할 수 없을 정도로 빠르게 움직임에도 완벽하게 아군을 피해 적에게 피해를 준다는 것은 실로 놀라운 일이 아닐 수 없었다.

"하지만 대책이 없지 않은가?"

양조굉이 화살이 날아드는 방향을 바라보며 입을 꽉 다

물었다.

하후정의 시선도 양조굉을 따라 움직였다.

화살은 패왕사 뒤쪽, 오강에 위치한 세 척의 상선에서 날아들고 있었다.

근 사십여 장에 이르는 거리도 거리지만 병력을 상륙시키고 부상자들을 태우기 위해 정박한 한 척을 제외하곤 강 중앙에 이동해 있는 바람에 딱히 공격할 방법이 없었다.

"없으면 만들어야겠지요. 일단 정박해 있는 배를 먼저 점령한 뒤, 그 배를 이용해서 나머지 배를 공격하면 될 것 같습니다."

"말은 쉽지만 그게……."

자신만만한 하후정과는 달리 양조굉은 그다지 탐탁지 않은 표정이었다.

소름이 끼칠 정도로 정확하게 화살을 날리는 궁수대를 공격한다는 것이 자살행위라 여기는 것이다.

"일단은 저자들을 보낼 생각입니다."

하후정이 슬쩍 시선을 돌렸다.

그의 눈이 녹림십팔채에 머물렀다.

양조굉이 미간을 잔뜩 찌푸리자 하후정이 웃으며 말했다.

"저자들을 화살받이로 세운 뒤 본격적인 공격은 본가의 정예들을 보내겠습니다. 당장 두 가지 효과를 기대할 수 있습니다."

"그게 무엇인가?"

양조굉이 곧바로 반문했다.

"궁수대의 특성상 접근전에는 약할 수밖에 없고 자신들을 공격하는 자들을 접근시키지 않기 위해 필사적일 수밖에 없습니다. 녹림십팔채가 공격을 시작하면 전장에 대한 지원은 당연히 약화됩니다."

"그렇군. 다른 하나는?"

"말 그대로 본가의 정예들이 배에 접근할 수 있는 가교 역할을 하는 것입니다."

"많은 피해가 발생하겠군. 놈들의 실력을 감안하면 자칫하면 배에 접근도 해보지 못하고 모조리 전멸할 수도 있어."

"어차피 잉여 병력일 뿐입니다."

하후정의 냉담한 말투에 양조굉이 헛바람을 흘리며 고개를 끄덕였다.

"그렇긴 하지. 그렇다고 해도 의외로군."

"뭐가 말입니까?"

"이렇게 냉정한 계획을 세울 줄은 몰랐다는 말이네."

하후정이 남아 있는 녹림의 병력들을 훑어보며 싸늘한
어조로 대답했다.

"태생적으로 산적 놈들을 싫어해서 그렇습니다."

공격 준비를 마치고 명령을 기다리는 수하들의 모습을
보는 마륜(麻輪)의 표정은 밝지 않았다.

패왕사를 우회하여 정박해 있는 적선을 공격하는 일은
그야말로 섶을 지고 불로 뛰어들어가는 것이나 다름없었
다.

그러나 음양쌍괴가 장강무적도에게 너무도 쉽게 목숨을
잃었고 당성과 맞서 싸웠던 비마와 오독마녀 또한 부상이
심해 겨우 목숨을 부지하고 있는 상황에서 나머지 병력을
이끌어야 하는 막중한 책임을 지게 된 마륜은 양조굉의 명
과 같은 부탁을 거절할 수가 없었다.

"벼락을 맞아 뒈질 새끼들."

마륜은 후미에서 은밀히 따라붙은 일단의 병력을 보며
이를 부득 갈았다.

마륜은 바보가 아니었다.

녹림십팔채를 앞세우고 후방에서 따라오는 하후세가의
의도를 모르지 않았다.

그럼에도 거부를 하지 못하는 것이, 수하들을 사지에 몰

아넣는 것이 못내 가슴 아팠다.

"씨발!"

마륜의 입에서 거친 욕설이 튀어나왔다.

"기왕 이렇게 된 것. 우리의 실력을 제대로 보여주자. 모두 공격하랏!"

명이 떨어지고 불안한 눈빛으로 대기하고 있던 녹림도들이 정박해 있는 배를 향해 일제히 돌격을 시작했다.

어림잡아 칠십에 이르는 인원.

전장에서 뒤엉키고 있는 병력을 감안하면 생각보다 적은 숫자였지만 오강에 떠 있는 두 척과는 달리 정박해 있는 배에 승선해 있는 유성대원들을 위협하기엔 충분한 숫자였다.

"좌측에서 적이 접근합니다."

"확인했다."

유성대주 감온이 대수롭지 않게 고개를 끄덕였다.

"우선 쥐새끼들을 처리하고 보지. 뒤쪽에 신호를 보내. 목표물을 수정한다."

"예."

유성대원으로서 이번엔 처음으로 실전을 겪고 있는 백운형(伯雲形)이 잔뜩 긴장한 음성으로 대답했다.

"그렇게 겁먹을 것 없다. 평소 훈련받은 대로만 하면 돼."

감온 곁에 있던 주장강이 백운형의 어깨를 두드리며 말했다.

"예? 예."

고개를 끄덕이기는 했어도 백운형의 얼굴에서 긴장감은 사라지지 않았다.

"우리 쪽이 공격을 받는다고 지원인 완전히 끊겨선 안돼. 일부는 계속해서 지원을 하라고 전해."

"알겠습니다."

백운형이 뒤쪽의 배에 명을 전하기 위해 물러나자 주장강이 조금은 걱정스런 표정으로 말했다.

"막내들을 공격에 참여시키지 않은 이유를 알겠는데."

감온이 난마처럼 얽힌 전장을 가리키며 말했다.

"실전처럼 훈련을 한다고 해도 아무래도 다를 수밖에 없으니까. 더구나 저처럼 얽힌 상황에서 자칫하면 아군에게 피해를 입힐 수밖에 없잖아."

감온은 괴성을 지르며 달려오는 녹림도를 향해 비릿한 웃음을 지었다.

"어떤 생각으로 몰려오고 있는지는 잘 알겠지만 우리에겐 오히려 좋은 기회라는 것을 알아야지."

"그러게 막내들이 실전 경험을 쌓기엔 아주 제격이야. 그런데 저놈들이 조금 걸리는데."

주장강이 가장 후방에서 움직이는 일단의 무리를 응시하며 말했다.

녹림도와 같이 공격을 하고는 있어도 입고 있는 의복이며 전체적으로 풍기는 기운 자체가 녹림도와는 상당한 차이가 있었다.

"그러게. 조금 위험하다는 생각이 드네. 앞에 놈들은 그저 화살받이라는 생각도 들고."

"그렇지? 내 생각도 그래. 걱정까지는 아니더라도 조금 주의를 할 필요가 있겠어, 대주."

"주의 정도로는 안 될 것 같다. 이곳에 맹주님이 계시다는 것을 생각해야지."

"어떻게 하려고?"

"불꽃놀이나 해볼까?"

감온의 말에 주장강이 씨익 웃었다.

"그건 내가 준비할게."

"그래. 서두르는 게 좋겠다."

"맡겨둬."

주장강이 서둘러 달려가자 다시 녹림도에게 고개를 돌린 감온이 모양이 조금 이상한 화살 하나를 꺼내들었다.

휘이익!

하늘 높이 치솟은 화살에서 날카로운 휘파람 소리가 들

려왔다.

공격 신호였다.

휘파람 소리가 끝나기가 무섭게 세 척의 배에서 날린 화살이 녹림도들을 향해 짓쳐 들었다.

"방패를 세워라."

마륜의 외침에 선두에서 달려가던 이들이 일제히 방패를 세웠다.

방패라고 해봐야 패왕사 주변의 건물을 해체해서 집어든 판자가 전부였으나 몸을 가리는 데 나름 효과는 있을 듯싶었다.

물론 그것이 착각이라는 것이 밝혀진 것은 순식간이었다.

엄청난 속도로 날아든 화살은 녹림도가 든 판자를 관통하는 것으로도 부족해 아예 산산조각 내버렸다.

고작 한 자 남짓한 조그만 화살의 위력이라고는 생각하지 못할 정도의 가공할 파괴력이었다.

"으악!"

"컥!"

철석같이 방패를 믿고 있던 녹림도들의 입에서 경악에 찬 비명이 흘러나왔다. 그리곤 자신들의 몸에 박힌 화살을 믿을 수 없다는 듯 바라보며 힘없이 무너져 내렸다.

"흐, 흩어져라. 흩어져서 공격해!"

단 한 번의 공격에 모든 방패가 무력하다는 것이 확인되자 마륜이 다급히 외쳤다.

그러는 사이에도 무수한 수하들이 쓰러졌다.

"퇴, 퇴각해야 합니다."

곁을 지키고 있는 수하의 말에 마륜은 고개를 저었다.

"그럴 수는 없다. 죽더라도 여기서 죽어야 해!"

벌떡 몸을 일으킨 마륜이 목이 터져라 소리쳤다.

"공격해랏! 공격해!"

마륜은 명을 따르지 않고 머뭇거리는 수하가 보이자 그대로 목을 쳤다.

세 명의 목숨이 순식간에 사라졌다.

앞에서 날아드는 화살도 무서웠지만 미쳐 날뛰는 마륜의 칼도 무서웠던 녹림도들이 다시금 전진을 시작했다.

몇 번의 위기를 넘기고 이제는 요령이 조금 생긴 것인지 일직선으로 뛰는 이는 한 사람도 없었다.

저마다 살길을 찾기 위해 갈지 자로 뛰기도 하고 갑자기 몸을 굴리기도 하면서 궁수대의 목표에서 벗어나기 위해 최대한 노력을 했다.

"아주 발악을 하는군."

하후정의 명을 받고 녹림도의 뒤를 따르는 하후건(夏候

建)의 입술이 가볍게 뒤틀렸다.

"살려면 어쩔 수 없는 노릇이지요. 그만큼 무섭습니다. 저 화살."

하후건의 옆에선 하후방(夏候防)이 살고자 그렇게 애를 쓰고 있음에도 녹림도를 정확하게 요격하는 화살을 보며 혀를 내둘렀다.

"고작 화살 따위에."

하후건이 코웃음을 치자 하후방이 굳은 표정으로 말했다.

"고작이라고 말하기엔 너무 위험합니다. 한 치가 넘는 판자들을 산산조각 내는 화살입니다. 이미 식솔들도 많은 피해를 입었습니다."

"그거야 눈앞에도 상대가 있으니까 그렇지. 화살에만 집중을 하면 당하지 않아."

하후방의 자신만만한 태도에 하후건은 입을 다물었다.

사실 그의 말이 틀린 것도 아니었다.

적의 화살이 아무리 빠르고 위력이 있다고는 해도 온전히 화살에 집중을 하면 막지 못할 수준은 아니었다. 게다가 어느 정도 접근하는데 성공을 하면 제아무리 뛰어난 궁수대라 해도 문제가 아니었다.

궁수대를 보호하기 위해 호위 병력이 있을 수는 있었으

나 지금 상황에서 호위 병력이 있을 것이란 생각은 들지 않았다.

"어쨌든 더 늦기 전에 우리도 움직이는 것이 좋겠다. 병신 같은 놈들이지만 덕분에 위험이 많이 줄었어."

이제 남은 거리는 대략 이십여 장.

전력으로 움직인다면 피해를 최소화하며 단숨에 도착할 수 있는 거리였다.

"준비해라."

하후건이 말에 다들 심호흡을 했다.

바로 그때였다.

"잠시만요, 형님."

하후방이 하후건을 불렀다.

"왜?"

"이상한 냄새가 납니다."

"냄새라니?"

하후건이 조금은 짜증나는 음성으로 묻다 갑자기 표정으로 굳혔다. 그 또한 주변에서 밀려오는 묘한 냄새를 감지한 것이다.

"이건……."

"유황냄새 같습니다."

하후방이 심각한 얼굴로 코를 벌름거리며 말했다.

"유황이라면……."

하후건과 하후방이 동시에 외쳤다.

"화약!"

그들의 말을 듣기라도 한듯 조금 전보다 훨씬 진한 유황 내음이 주변 가득 밀려들어왔다.

더 이상 생각할 이유도 없었다.

"피해랏!"

하후방의 외침이 끝나기도 전, 그들이 목표로 했던 배에서 붉은빛이 치솟았다.

"아, 안 돼!"

하후건은 그들을 향해 날아오는 불화살을 보며 절망감에 몸을 떨었다.

불화살이 속속 떨어는 것과 동시에 사방에서 불길이 치솟기 시작했다.

약간의 폭발음이 터져 나왔지만 불길도 그렇고 폭발의 위력은 생각보다 작았다.

주변을 초토화시키는 폭발을 생각하고 있던, 그 폭발에 휘말려 모조리 몰살을 당하는 식솔들을 떠올리고 있던 하후건과 하후방은 화약을 동원한 공격이 소리만 요란할 뿐 큰 피해가 발생하지 않자 안도의 한숨을 내쉬는 것과 동시에 어이가 없다는 듯 웃고 말았다.

하지만 그것이야말로 그들의 큰 착각이었다.

애당초 사방이 탁 트인 곳에서 화약 가루를 날려 폭발을 일으킨다는 것은 불가능한 일이었다.

지금처럼 작은 불꽃과 극히 소규모의 폭발을 일으킬 수는 있겠지만 살상력을 동반한 대규모의 폭발은 어림도 없었다.

유성대가 화살에 화약 주머니를 달아 하후세가 주변엔 은밀히 뿌린 것은 폭발이 아니라 다른 의도가 있었다.

독이었다.

유성대가 뿌린 화약에도 당가에서 얻은 독을 개량하여 만든 독 가루가 섞여 있었다.

순식간에 목숨을 빼앗을 정도로 지독한 독은 아니어도 흡입하는 순간부터 전신이 무력감에 빠지고 적절한 해독을 하지 않으면 목숨까지도 위협할 수 있는 독이었다.

화약 내음으로 인해 그런 독 가루의 존재는 완전하게 감춰졌고 화약과 함께 타올라 기화된 독 가루는 하후세가의 무인들이 아무런 의식도 하지 못하는 사이 그들의 몸에 침투하는 데 성공했다.

하후건과 하후방이 그것을 눈치챘을 땐 그들이 이끌고 온 삼십의 정예가 모조리 중독이 되어 비틀거리기 시작한 뒤였다.

"이, 이럴 수가! 독이라니!"

바닥에 꽂은 검을 의지하여 겨우 중심을 잡은 하후건이 픽픽 쓰러지는 식솔들을 보며 두 눈을 부릅떴다.

"피, 피해야 합니다."

하후방은 피가 나도록 입술을 깨물며 자꾸만 흐릿해지는 의식을 깨우고자 노력했다.

"하, 하지만 어떻게?"

하후건이 절망스런 얼굴로 되물었다.

하지만 하후방은 아무런 대답도 할 수가 없었다.

어느새 날아든 화살이 하후방의 뒤통수를 관통했기 때문이었다.

"아, 아우!"

힘없이 무너지는 하후방을 안아든 하후건을 향해 두 발의 화살이 날아들었다.

피할 힘도, 의지도 없던 하후건은 질끈 눈을 감았다.

퍽! 퍽!

섬전처럼 날아든 화살이 그의 양쪽 가슴에 나란히 박혔다.

하후건과 하후방이 목숨을 잃는 모습을 똑똑히 확인한 마륜은 더 이상 공격할 의지가 없었다.

"퇴각하랏!"

명령과 함께 뒤도 돌아보지 않고 내달리기 시작했다.

숨이 끊어진 하후건에게 시선을 돌리는 순간, 화살 하나가 그의 귓불을 스치며 지나갔다.

고개를 돌리지 않았다면 뒤통수가 관통되어 그대로 목숨을 잃었을 터. 등골이 오싹했다.

그러나 운은 얼마 가지 않았다.

하후세가의 병력을 집어삼킨 독이 마륜을 비롯하여 겨우 목숨을 부지하여 퇴각하던 녹림도를 기다리고 있었다.

아직 공기 중에 효력이 남아 있던 독기운은 도망치던 녹림도들의 발걸음을 멈추게 만들었고 곧바로 날아든 화살이 사냥하듯 그들의 목숨을 빼앗았다.

유성대를 공격하기 위해 움직였던 하후세가와 녹림십팔채의 병력이 완벽하게 전멸하는 데 걸린 시간은 고작 일각.

그 짧은 시간에 무려 백 명에 가까운 인원이 싸늘한 시신으로 변한 것이다.

*   *   *

"이겼다!"

양산채주 모융의 승리 선언에 거대한 함성이 곳곳에서

울려 퍼졌다.

"고생했네."

온몸을 피로 물들인 금완이 다가오며 활짝 웃었다.

"제가 뭐한 것이 있습니까? 집법단주께서 고생을 하셨지요."

모용의 말대로였다.

금완이 탄 배가 장강수로맹의 대장선임을 파악한 해사방은 집요할 정도로 공격을 가해왔고 몇 번의 큰 위기를 맞기도 했다.

특히 해사방주 을표의 직속 수하들이 그들이 탄 배로 대거 넘어왔을 때가 가장 큰 위기였다.

그 싸움에서 을표의 오른팔이라는 귀촉(龜燭)이 금완의 웅풍십팔도에 변변한 대항도 해보지 못하고 숨이 끊어졌는데 지휘자를 잃은 해사방은 순간적으로 지리멸렬하여 쓰러졌다.

대장선이 위험에 빠진 것을 확인한 기린채가 마지막 남은 힘을 다해 해사방주가 탄 배를 집중적으로 공격하며 추가적인 병력의 투입을 막은 것도 결정적인 승리의 요인이었다.

늦은 밤, 장강수로맹의 전격적인 공격으로 시작하여 날이 밝을 때까지 벌어진 싸움은 적의 대장선이 기린채의 공

격으로 침몰하고 해사방주가 겨우 목숨만 건져 도주하면서
완전히 끝이 났다.

몇 년 전의 패배를 설욕하기 위해 이를 갈았던 해사방을
또다시 물리친 것이다.

승리를 거두기 위해 장강수로맹이 치른 대가도 상당했
다.

금완과 모용이 승선한 양산채의 배를 필두로 좌우 날개
라 할 수 있는 기린채와 목령채의 화포 공격으로 초반에 승
기를 잡은 장강수로맹은 해사방의 선봉을 완벽하게 무력화
시키면서 기세를 올렸다.

기선을 빼앗긴 해사방주는 곧바로 퇴각을 명했는데 장강
수로맹은 이들을 추격하지 않았다.

패왕사로 지원군을 보내기 위해 우선적으로 오강 인근의
안전을 확보하는 데 주력한 것이다.

하지만 그것이 실수라면 실수였다.

곧바로 전열을 정비한 해사방은 역공을 펼쳐왔고 놀랍게
도 그들 역시 화포를 앞세운 공격을 해왔다.

목령채와 기린채가 화포를 사용하는 배를 집중적으로 공
격하여 모조리 침몰시키는 데 성공은 하였지만 그 과정에
서 목령채 역시 치명적인 피해를 입고 채주 이하, 모든 인
원이 침몰하는 배와 함께 목숨을 잃고 말았다.

기린채 또한 무사하지 못했는데 침몰은 겨우 면했지만 배의 기능은 사실상 상실하고 말았다.

그래도 싸움의 말미에 위기에 빠진 대장선을 구해냄으로써 싸움의 대미를 장식하는 대활약을 보여줬다.

화포를 사용하던 양측의 배가 그렇게 양패구상을 하자 싸움은 더할 수 없이 치열한 난전으로 접어들었다.

장강수로맹은 상대적으로 크고 튼튼한 배를 지닌 해사방에 맞서 꽤나 고전을 했지만 그들보다 빠른 움직임으로 이를 극복해 나갔다.

그리고 장강수로맹엔 어쩌면 화포보다 더욱 막강한 위력을 지닌 무기가 존재했으니 전장에서 한참 떨어진 선박에 위치한 유성대는 해사방에게 악몽이란 무엇인지 똑똑히 일깨워 주었다.

그러나 목숨을 내걸고 해사방과 맞서 싸운 장강수로맹 각 수채의 수적들이야말로 이번 싸움의 진정한 승리의 주역이라 할 수 있었다.

장강을 주름잡는 호걸(?)로서 해적 따위에게 장강을 내줄 수 없다는 그들의 자부심과 자존심은 죽음도 불사하는 용맹을 갖게 해주었고 무려 두 배에 가까운 해사방을 물리치는 괴력을 발휘하게 한 것이다.

"이기긴 했지만 상처가 크군."

금완이 처음 싸움을 시작할 때보다 절반 이하로 줄어든 배를 보며 씁쓸해했다.

배 한 척에 탄 인원이 적게는 삼십에서 많게는 백 명에 이른다는 것을 생각했을 때 얼마나 많은 이가 목숨을 잃었을지 가늠이 되지 않았다.

"그래도 이기지 않았습니까? 해사방 놈들의 피해와 비교해 보면 이 정도는 양호한 것입니다. 솔직히 본 맹의 주력이 빠진 상황에서 이만한 승리를 거둔 것은 기적이라 할 수 있습니다."

모융의 말에 금완도 고개를 끄덕였다.

"그렇긴 하지. 그래서 더 안타까운 것이네. 본 맹이 전력을 다했다면 해사방 따위는 별다른 피해 없이 흔적도 없이 날려 버릴 수 있었을 텐데 말이야."

"어쩔 수 없는 일이지요. 맹주님의 안위가 걸린 일이었으니까요. 그런데 지원군은 무사히 도착을 했는지 모르겠습니다."

"조금 아까 거의 근접했다는 소식을 마지막으로 전해 듣기는 했지만 자세히는 모르겠네. 무사히 도착했겠지."

금완이 패왕사가 있는 서남쪽을 향해 천천히 고개를 돌렸다.

"실패… 한 것 같습니다."

멀리서 세가의 식솔들이 학살당하는 것을 지켜본 하후정이 참담한 얼굴로 말했다.

"안타까운 일이네."

양조굉이 하후정을 위로했다.

작전 실패를 책망하기엔 하후세가의 손실이 너무 컸다.

"이거 정말 곤란하게 되었군. 저놈들이 건재하면 이 싸움은……."

양조굉은 차마 말을 잇지 못했다.

자신들을 위협하던 하후세가와 녹림십팔채의 병력을 깨끗하게 쓸어버린 후, 유성대는 다시금 전장에 힘을 집중시켰고 그 피해는 고스란히 천추세가와 하후세가의 정예들에게 이어졌다.

언제 화살이 날아올지 몰라 전전긍긍하는 그들과는 달리 장강수로맹의 무인들은 유성대의 실력을 완벽하게 믿고 있는 듯 움직임에 조금도 머뭇거림이 없었다.

물론 극히 드문 일이기도 하지만 화살이 그들에게도 피해를 주는 경우가 있었다.

그럼에도 두려워하거나 동작이 둔해지는 일은 없었다.

그저 재수가 없다며 투덜거리는 것이 전부였다.

시간이 흐를수록 천추세가와 하후세가의 피해는 늘어만 갔고 전세를 역전시킬 만한 돌파구가 딱히 보이지 않았다.

자우령과의 싸움에서 승리를 하고 뇌하의 조언으로 무아지경에 빠져 있던 철검서생이 모습을 드러낸 것은 바로 그 시점이었다.

유성대에 막혀 이러지도 못하고 저러지도 못하고 있던 양조굉은 어둠 속에서 한줄기 빛이라도 발견한 듯 철검서생의 등장에 반색을 했다.

"도대체 어디에서 무엇을 하다 이제 나타난 것인가?"

"그리되었습니다. 자네도 왔군."

"예."

하후정이 정중히 인사를 했다.

연배는 비슷하나 천추세가에서의 지위나 무림의 명성은 하후정이 철검서생에 비할 바가 아니었다.

"상황이 좋지 않군요."

"저놈들이 문제일세. 화살을 날리는 솜씨가 보통이 아니야."

양조굉이 오강에 떠있는 배를 가리키며 말했다.

"놀랍군요. 저 먼 거리에서 이토록 정확하게 화살을 날릴 수 있다니요."

철검서생이 진심으로 감탄을 했다.

"정확성뿐만 아니라 속도와 위력도 대단하지. 놈들을 막기 위해서 병력을 보냈지만……."

하후정의 표정이 일그러지는 것을 확인한 양조굉이 슬쩍 말을 돌렸다.

"솔직히 어찌해야 할지 방법을 모르겠군. 놈들을 제압하지 않고는 이 싸움을 유리하게 가져갈 수는 없을 것 같은데 공격할 방법이 없군."

가만히 전장을 둘러보는 철검서생의 눈에 하후세가 원로들을 거칠게 몰아치고 있는 장강무적도의 모습이 들어왔다.

잠시 동안 싸움을 지켜보던 철검서생이 입을 열었다.

"퇴각하는 것이 좋겠습니다."

"……."

양조굉이 입을 쩍 벌리고 놀란 눈으로 철검서생을 응시하다 다시 물었다.

"지금 뭐라고 했나? 퇴각이라고 했나?"

"예. 퇴각을 하는 것이 좋다고 말씀드렸습니다."

"말도 안 되는 일이네."

철검서생이 나서주기를 내심 기대했던 양조굉이 불쾌한

표정을 지으며 고개를 흔들었다.

"이만한 피해를 입고 어찌 그냥 돌아간단 말인가? 또한 놈들을 이대로 보내면 장차 큰 걸림돌이 될 것이 자명한 일이야."

"제 생각도 그렇습니다. 이런 망신을 당하고 순순히 물러날 수는 없습니다."

하후정도 한마디 거들었다. 그러나 철검서생은 자신의 생각을 바꿀 생각이 없어 보였다.

"대장로님 말씀대로 공격할 방법이 없기에 드리는 말씀입니다."

'자네가 나서주게'라는 말이 목구멍까지 올라왔지만 양조굉은 입을 꽉 다물었다.

그것을 알았는지 철검서생이 고개를 흔들며 말했다.

"별다른 준비는 없이는 누가 오더라도 저렇듯 강에 떠 있는 배를 공격한다는 것은 불가능합니다. 게다가 배를 지키는 이들이 저토록 치명적인 화살을 날린다면 더욱 그렇겠지요."

"……."

딱히 반박할 말이 없었기에 양조굉은 입을 다물고 있을 수밖에 없었다.

"무엇보다 싸움을 계속할 의미가 사라지지 않았습니까?"

"무슨 뜻인가?"

"장강수로맹의 맹주는 이미 탈출했다고 들었습니다. 맞습니까?"

"그런 것 같습니다. 맹주와 일도파산을 비롯해서 패왕사에 있던 부상자들이 배로 옮겨지는 것이 확인되었습니다."

하후정의 대답에 철검서생은 답답하다는 듯 말했다.

"두 사람이야말로 장강수로맹의 전부라고 해도 과언이 아닙니다. 이미 그들을 놓친 상황에서 싸움을 이어갈 필요가 있는지요?"

"그렇지만 장강수로맹의 정예들일세. 놈들이라도 제거해야 장차……."

"그 또한 궁수대를 무력화시키지 못하면 거의 불가능한 일입니다. 참고로 저 궁수대는 정말 무섭군요. 지금 이 순간은 물론이고 이후에라도 철저하게 대비를 하지 못하면 지금처럼 막대한 피해를 입게 될 것 같습니다."

"육지에서는 다릅니다. 지금은 그저 강이 놈들을 지켜주고 있을 뿐입니다."

하후정이 이를 부득 갈며 소리쳤다.

"육지에서라면 저들 또한 다른 방법을 강구하겠지. 강과 같이 자신들을 무사히 지켜줄 수 있는 무엇인가를. 아니,

딱히 그들이 신경을 쓰지 않아도 수뇌부가 멍청하지만 않다면 철저하게 저들을 보호할 것일세. 전장의 판도를 바꿀 수 있는 소중한 무기를 방치하지는 않겠지."

"좋네. 퇴각을 하지. 하지만 그전에 자네가 좀 나서주면 안 되겠나? 저들 중 몇 놈은 없애야 속이 풀릴 것 같군."

양조굉이 이번 싸움의 중심에서 눈부신 활약을 해준 장강수로맹의 고수들을 가리키며 말했다.

고개를 돌려 그들을 바라보던 철검서생의 눈빛이 잠시 흔들렸다.

"그건 조금……."

철검서생이 곤란한 표정으로 말끝을 흐리자 양조굉의 얼굴이 딱딱하게 굳었다.

"부상이 심한 것인가?"

질문을 하는 음성에 걱정이 가득했다.

생각해 보니 철검서생이 상대했던 인물이 다름 아닌 일도파산이었다.

철검서생이 이미 승리를 거둔 것을 알고 있었으나 상대가 상대이니만큼 큰 부상을 당했을 수도 있다는 생각이 들었다. 만약 그렇다면 부상당한 철검서생에 무리한 부탁을 한 것이니 큰 실수를 한 셈이었다.

"아닙니다. 부상과는 상관이 없습니다."

"그렇다면 어째서?"

양조굉이 의혹 어린 눈빛으로 재차 질문을 하자 철검서생이 마지못해 대답을 했다.

"장강무적도 선배에게 생각지도 못한 큰 도움을 받았습니다."

'선배'라는 말에 발끈하려던 양조굉은 큰 도움을 받았다는 말에 화를 내려던 것을 멈추고 철검서생이 한 말에 담긴 의미를 곱씹으며 찬찬히 그를 살폈다.

딱히 큰 변화가 있는 것 같지는 않았지만 어딘지 모르게 달라진 것 같기는 했다.

특히 현기마저 느껴질 정도로 깊숙이 자리한 눈동자를 접하자 의심은 확신이 되었다.

"많… 이 달라졌군. 자네 말대로 그들에게 큰 도움을 받은 것 같아."

"……."

"그렇다고 자네의 신분을 망각해서는 안 된다고 보네. 저들은 우리의 적이야. 그리고 앞으로의 행보에 있어 가장 큰 걸림돌이 될 것이 확실하고. 도움을 받은 것도 있고 하니 장강무적도를 공격하라는 말은 하지 않겠네. 대신 천추세가의 일원으로서 자네가 해야 할 일은 해야 한다고 보네."

대장로라는 지위를 내세워 장강수로맹을 공격하라는 명을 내릴 수 있음에도 양조굉은 그렇게 하지 않았다.

명령이 아니라 충고와 당부, 부탁으로서 자신이 할 수 있는 나름의 배려를 했다.

하지만 철검서생은 그런 양조굉의 배려를 외면했다.

"정말 움직이지 않을 생각인가?"

"죄송합니다."

"알았네."

불쾌한 표정이 역력했지만 양조굉도 더 이상 강요하지 않았다.

"퇴각하는 것으로 하지."

깜짝 놀란 하후정이 놀라 되물었다.

"이대로 물러난단 말입니까?"

"방법이 없지 않은가, 방법이."

신경질적으로 소리친 양조굉이 몸을 홱 돌렸다.

그런 양조굉의 모습에 한숨을 내쉰 철검서생이 그를 대신해 퇴각 명령을 내렸다.

하후정도 불만 가득한 얼굴로 퇴각 명령을 내리고 그렇잖아도 힘든 싸움을 하던 천추세가와 하후세가의 무인들은 명이 떨어지기가 무섭게 무기를 거두고 물러났다.

너무도 전격적으로 이뤄진 퇴각에 잠시 당황을 했지만

장강수로맹 역시 즉시 병력을 뒤로 물리기 시작했다.

당장은 적들이 물러났지만 앞으로의 상황이 어떻게 변할지 모르는 터. 자칫 망설이거나 머뭇거리다 무사히 철수할 수 있는 기회를 놓칠 수도 있었기 때문이었다.

"배로 철수한다."

철수 명령을 내리는 하연백의 음성에서 천추세가를 꺾었다는 자부심이 느껴졌다.

함성으로서 응대하는 이들의 음성에도 승리의 기쁨이 가득 담겨 있었다.

第三十七章

개전(改悛) 그 후(後)

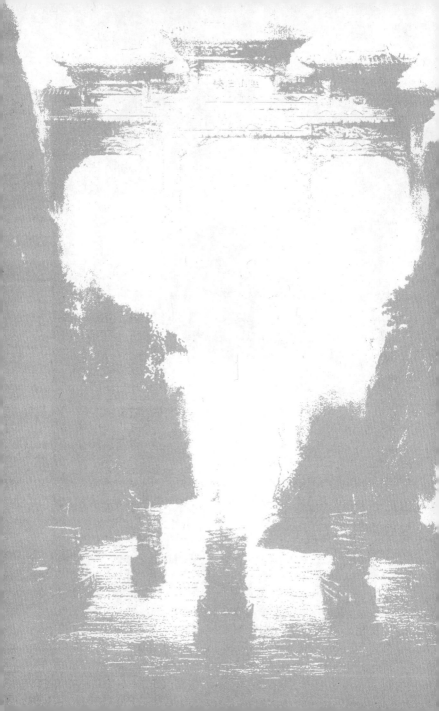

뜨거운 광풍이 무림을 뒤덮었다.

　천무장의 개파대전 이후, 개파대전과 천룡쟁투를 축하하기 위해 방문했다가 귀환하는 사절단을 전격적으로 공격한 뒤 스스로 소문이 무성했던 장군가임을 드러낸 천추세가는 그야말로 파죽지세로 무림을 장악해 나갔다.

　단 하루 만에 정무맹, 소림, 개방, 하북팽가 등이 무너졌고 이후에도 무당파, 종남파, 항산파, 백리세가, 황보세가가 차례대로 멸문의 길을 걸었다.

　이름만 대면 누구라도 알아줄 수 있는 문파 중 살아남은 문파는 온 산을 절진으로 도배를 해버린 화산파와 지리적 이점을 이용하여 용케도 화를 면한 황하련이 전부였다.

천추세가가 세상에 본격적으로 모습을 드러낸 후, 보름도 안 되는 사이 장강이북의 무림은 사실상 그들의 손아귀에 떨어진 것이나 마찬가지가 된 것이다.

물론 여전히 천추세가에 대항하는 많은 문파가 존재했지만 그들의 힘이란 실로 미미했다.

세인들은 숨도 제대로 쉬지 못하고 천추세가의 행보를 지켜보았는데 설마하니 정무맹을 비롯하여 전통의 명문 대파들이 그토록 속절없이 쓰러질 줄은 상상을 하지 못했기에 그 충격은 이루 말할 수가 없었다.

게다가 정무맹을 무너뜨리고 이어서 무당파를 쓸어버리는 데 혁혁한 공을 세운 불사완구의 존재가 알려졌을 때 무림을 강타한 충격파는 상상을 초월할 정도였다.

죽음에 대한 두려움도 없고, 고통도 느끼지 못하며, 머리만 무사하면 사지가 잘려도 멈추지 않고 덤벼드는 괴물.

금강불괴만큼이나 강력한 몸뚱이를 자랑하면서도 나름 뛰어난 무공까지 지닌 불사완구는 악몽 그 자체였다.

천추세가가 동원한 불사완구의 수가 이백이었고 이후, 두 번의 싸움을 거치며 그중 사분지 일이 사라졌지만 그 같은 괴물을 얼마나 더 보유하고 있을지 아무도 몰랐다.

그러나 난세는 영웅을 부르는 법.

천추세가에 대한 공포가 크면 클수록 유일하게 천추세가를 물리친 장강수로맹의 명성은 하늘을 찌를 듯 치솟았다. 특히 호면패왕 별호를 지닌 장강수로맹의 맹주가 최근 혜성같이 등장한 화산파의 청풍이라는 것이, 천하제일이었던 화산검선의 제자라는 것이 밝혀지며 엄청난 화제를 불러왔다. 몇몇 호사가는 명문정파인 화산에서 수적 떼의 우두머리를 배출했다며 조롱을 보내기도 했지만 그들의 목소리는 새로운 영웅의 탄생을 반기는 환호성에 금방 묻혀 버리고 말았다.

하지만 세인들이 열광하는 만큼 장강수로맹의 상황이 좋은 것만은 아니었다.

동정호 군산.

건강을 완전히 회복한 장강수로맹의 수뇌들이 한자리에 모였다.

자격은 없지만 함께 싸웠던 동지로서 화산파, 황하련과 팽가, 당가는 물론이고 간신히 목숨을 구한 정무맹의 간부들도 회의에 참석을 했다.

회의는 군사인 장청의 주도하에 시작되었다.

"장군가, 아니, 천추세가가 마각을 드러낸 지 정확하게 보름이 흘렀습니다. 여러분들이 아시다시피 장강이북은 놈들의 손에 완전하게 장악을 당했다고 해도 과언이 아닐 정도로 무참히 무너졌습니다. 화산파와 황하련이 잘 버티고는 있다고 하나 당장 무너진다고 해도 이상할 것이 없을 정도로 좋지 않은 상황입니다."

순간, 회의에 참석하고 있는 청우의 안색이 창백하게 변했다.

패왕사에서 벌어졌던 싸움에서 누구보다 큰 피해를 당한 곳이 바로 화산파였다.

사절단으로 왔던 대다수의 제자가 목숨을 잃었는데 특히 장문인 원진 도장과 매화검주 덕진 도장의 죽음은 그렇잖아도 세가 기운 화산파엔 치명타였다.

그런 상황에서 본산까지 위험하다고 하니 청우의 심정은 뭐라 말을 할 수가 없을 정도였다.

화산파와 마찬가지로 사절로 온 수하들을 모조리 잃고 겨우 목숨을 건진 백서진의 표정도 좋지 않기는 마찬가지였다.

"고금을 통틀어 이처럼 빠르게 세력을 확장한 이들은 없었습니다."

"그만큼 사전에 치밀한 준비를 했다는 것이겠지. 정무맹을 비롯하여 전통의 명문들이 순식간에 무너진 것도 원인

이겠고."

유대웅의 말에 장청이 고개를 끄덕였다.

"거기에 사전에 포섭된 문파들이 힘을 보탠 것이 컸습니다. 얼마나 많은 문파가 천추세가로 돌아섰는지 도저히 가늠이 되지 않습니다. 게다가 천추세가에 굴복한 문파들이 너무도 쉽게 그들의 명을 따르고 있다는 것입니다. 조사 결과 천추세가는 혈고라는 고독을 사용하여 그들의 숨통을 죄고 있는 것을 파악되었습니다."

"혈고? 그것이 무엇이냐?"

뇌우가 물었다.

장청이 대답을 하기 전, 아직도 병색이 완연한 당학운이 깜짝 놀라 되물었다.

"지, 지금 혈고라고 했는가?"

"그렇습니다. 혈고에 대해 아시는 것이라도 있으십니까? 저희가 입수한 정보는 워낙 단편적인 것이라 제대로 설명을 드릴 수가 없습니다."

"혈고를 처음으로 사용한 곳은 남만을 장악하고 있는 적운곡(積雲谷)이라 알려졌네. 남만에서 서식하고 있는 원숭이의 머리에서 발견했다는 말이 있는데 실로 무서운 독물이지. 사람을 통제하는데 그만큼 안전하고 뛰어난 독물이 없다고 들었네. 음, 간단히 말해서 벌을 생각하면 될 것이네."

"벌이요?"

"그렇네. 수많은 일벌이 여왕벌을 위해 살아가는 것처럼 혈고에도 여왕벌이라 할 수 있는 모고와 자고로 나뉘어져 있네."

당학운은 자리에 모인 이들의 시선을 한 몸에 받으며 빠르게 말을 이어갔다.

"놀라운 것은 자고가 모고가 서로 완벽하게 연계되어 있다는 것이네. 모고가 고통을 받으면 자고 또한 고통을 받는다네. 자고가 고통을 받으면 모고 또한 고통을 받네. 상상해 보게. 고통에 몸부림치는 벌레가 머릿속을 헤집고 다닌다면 그 느낌이 어떨지."

당학운의 말에 대부분의 사람이 인상을 일그러뜨리며 몸을 부르르 떨었다.

"모고를 죽이면 자고 또한 죽는 것입니까?"

장청이 다시 물었다.

"모고가 죽으면 문제는 더욱 심각해지는데 기생하고 있던 자고가 스스로 모고가 되기 위해 활동을 시작하네."

활동을 시작한다는 것이 무엇을 의미하는지 모르지 않던 이들의 얼굴이 또 한 번 일그러졌다.

"여기서 모고와 자고가 결정적인 차이가 있는 것일세. 참고로 자고가 죽는다고 해도 모고가 죽지는 않네. 많은 고통을 받는 것 같다고는 하지만 아마도 자식을 잃은 슬픔 정도로 이해하면 될 것이네."

비유가 이상했는지 여기저기서 웃음이 터져 나왔다.

"결국 천추세가에선 혈고를 이용하여 그들에게 포섭되거나 항복한 자들을 완벽하게 굴복시킨다는 것은 자고를 뿌리고 모고를 이용하여 통제한다는 것이겠군요."

"아마도 그럴 것이네."

"결국 그들을 천추세가에게서 벗어나게 하려면 그 혈고를 제거하는 방법뿐이라는 말이군요."

장청의 물음에 말에 당학운의 표정이 어두워졌다.

"방법은 아직 발견된 것이 없네."

순간, 회의장에 깊은 적막이 찾아왔다.

"반드시 찾아야 합니다. 천추세가는 혈고를 이용해서 계속해서 세력을 확장해 나갈 것입니다. 혈고를 제거하는 방법을 찾지 못하면 어제의 친구와 어쩔 수 없이 칼을 맞대야 하는 상황이 올 수도 있습니다."

장청의 말에 뇌우가 콧방귀를 뀌었다.

"홍! 적에게 굴복하여 친구에게 칼을 들이대는 놈이 친구는 무슨 놈의 친구."

자우령이 고개를 흔들었다.

"꼭 그렇게만 말할 것은 아니지. 만약 무공도 모르는 자식이나 후손들의 몸에 혈고가 자리 잡고 고통에 신음한다고 생각해 보게. 신념이나 의리와는 상관없이 놈들의 말을 들을 수밖에 없어."

"음."

뇌우가 침음을 흘리며 입을 다물었다.

"당가에서 해주셔야 합니다. 당금 무림에 당가만큼 독과 독물에 능통한 문파는 없습니다. 혈고 문제를 해결하지 못하면 승산이 없습니다."

장청이 거듭 부탁을 하자 당학운도 비장한 표정으로 고개를 끄덕였다.

"본가에 바로 연락을 하도록 하지. 사안의 중요성을 감안하면 본가에서도 적극 협조할 것이네."

"감사합니다."

유대웅이 모든 이를 대신하여 인사를 한 뒤 항몽에게 물었다.

"혈고 문제는 그렇다 치고 현재 천추세가의 움직임은 어떻습니까?"

"잠시 숨을 고르고 있는 것 같습니다. 워낙 광범위한 범위를 단시간 내에 평정하다 보니 이런저런 문제도 있는 것 같고요."

"정무맹이 재기한다는 소문이 있던데 확인된 것이 있습니까?"

"그런 소문이 있기는 합니다만 실체는 나타나지 않았습니다. 아마도 정무맹이 참화를 입을 당시 탈출했던 몇몇 인사가 그런 움직임을 보인 것 같기도 합니다만 그 또한 확실한 것은 아닙니다."

"그 문제는 그들이 도착을 하면 확실히 알 수 있겠지요."

유대웅이 장청에게 고개를 돌렸다.

"그들을 도울 준비는 되었지?"

"예, 백호대를 중심으로 지원군을 보냈습니다."

유대웅이 미심쩍은 표정을 하자 장청이 몇 마디 말을 덧붙였다.

"하오문과 월광대가 완벽한 공조체제를 이루며 탈출 경로를 확보하고 있습니다. 천추세가의 추격을 없을 테니 너무 걱정하지 마십시오."

"그렇다면 다행이고."

비로소 안심을 하는 유대웅.

패왕사의 싸움에서 화산파 장문인을 비롯하여 장차 화산파의 기둥이 되어야 할 인재들을 대거 잃은 유대웅에게 간신히 정무맹을 탈출하여 연락이 된 영영 일행의 안전은 무엇보다 중요한 일이었다.

게다가 당시 함께 탈출한 정무맹의 주요 인사들과 묵검삼대의 안전까지 걸려 있는 문제다 보니 신경이 많이 쓰였다.

"그나저나 이제 어찌해야 하는 겁니까? 천추세가의 행보가 멈추지 않을 것인데. 뭔가 대책을 세워야 하지 않겠습니까?"

백서진의 좌중을 둘러보며 물었다.

"일단 힘을 모아야 하지 않겠습니까? 천추세가의 전력을 생각했을 때 힘을 모으지 않고는 그들의 야욕을 결코 꺾을 수 없을 것 같습니다."

청우가 조용히 대답했다.

"힘을 모으기 위해선 무엇보다 구심점이 있어야 합니다. 하지만 구심점 역할을 해야 하는 정무맹이 제일 먼저 무너졌으니……."

"없다면 다시 만들어야겠지요. 그렇다고 정무맹은 아닙니다. 천추세가에 대항하기 위해선 정사마를 떠나 모든 이가 힘을 합쳐야 합니다만 정무맹이란 이름은 많은 이에게 거부감을 줄 수 있습니다."

"동의합니다. 정무맹으론 안 됩니다. 제 생각엔 다른 누구보다 장강수로맹이, 맹주님이 역할을 하셔야 한다고 봅니다."

팽윤의 말에 모두의 이목이 그와 유대웅에게 집중되었다.

"앞서 언급하셨듯이 새롭게 만들어질 단체는 정사마를 모두 포용할 수 있어야 합니다. 장강수로맹만큼 그런 조건을 충족한 문파도 없습니다."

팽윤의 말에 누구도 토를 달지 않았다.

장강수로맹 자체가 정사 중간인데다가 유대웅의 사문을 감안했을 때 가장 현실적인 대안이었다.

"다들 너무 앞서가시는 것 같습니다. 이 문제는 당장 여기서 결정을 내릴 것이 아니라 보다 많은 이의 의견을 듣고 결정을 해야 한다고 봅니다."

장청의 말에 팽윤이 조금은 답답하다는 표정을 지으며 말했다.

"그럴 시간이 없지 않겠습니까? 언제 공격을 할지 모르는 상황입니다."

"그러기에 더욱 신중을 기해야 하는 것이지요. 우리가 모든 것을 결정해 놓고 그저 따르라고 한다면 꽤나 반발이 심할 것입니다."

"천추세가의 위협이 목전에 있는데 누가 감히 반발을 한단 말입니까?"

팽윤이 언성을 높이자 장청이 가만히 그의 얼굴을 바라

보았다.

나이는 비슷했다.

하지만 와룡숙에서 수학한 것을 따지자면 장청이 한참 선배였고 무엇보다 유대웅을 따르며 장강을 일통한 그의 경험은 그와 팽윤의 능력 차이를 극명하게 만드는 것이었다.

"그럼 한 가지 질문을 하겠습니다."

"무엇입니까?"

"팽가라면, 아직 아무런 피해도 당하지 않고 온전히 힘을 보전하고 있는 팽가라면 장강수로맹이 중심이 되는 새로운 단체를 따르겠습니까?"

"그야 당연히……."

당연하다는 듯 대답을 하던 팽윤이 자신도 모르게 멈칫했다.

그의 뇌리에 체면과 자존심, 명분에 목숨을 거는 세가 어른들의 모습이 떠올랐다.

'설득할 수 있을까?'

솔직히 자신이 없었다.

그 문파가 지닌 역사와 전통, 명성이나 규모의 문제가 아니었다.

장강수로맹이라는 그 자체가 문제였다.

천추세가의 위협이 목전에 왔다고 해도, 당장 멸문지화를 당하는 한이 있어도 팽가의 어른들은 그분들의 관점에서 한낱 수적 떼들이 모인 장강수로맹을 결코 따르지 않을 것이다.

그제야 장청의 말을 이해한 팽윤은 아무런 말도 하지 못하고 고개를 떨구었다.

팽윤을 침묵하게 함으로서 회의의 주도권을 완벽하게 장악한 장청이 다시 입을 열었다.

"천추세가가 곧바로 움직이지 않는다는 가정 하에 지금 당장 우리가 해야 할 일을 세 가지로 추려 보았습니다."

"그게 무엇이냐?"

자우령이 물었다.

"첫째는 각 문파들과의 연계입니다. 새롭게 단체를 만드는 것도 우선적으로 서로 간에 연계가 제대로 된 다음에 논의될 수 있을 것입니다. 이를 위해 각 문파에 전령을 보내 우리의 생각을 전할 생각입니다."

"다음은?"

"장강이북이 천추세가에 완전히 장악을 당했다고는 하나 여전히 그들에게 저항하는 문파들이 있을 것이고 천추세가의 눈을 피해 도주하는 자들도 있을 것입니다. 그들을 구해야 합니다. 설사 구하지 못한다고 하더라도 최대한 지원을 해줘야 합니다. 제아무리 막강한 힘을 지닌 천추세가라도 후방을 안정화하지 못하고선 쉽게 공격을 하지 못하는 법이니까요."

"일단 황하련과 화산파의 위기를 해결해야 하겠군."

단혼마객의 말에 장청이 청우와 백서진을 힐끗 바라보며 말을 이어 갔다.

"마지막으로 어쩌면 가장 시급한 문제일 수 있습니다."

"그것이 무엇이냐?"

뇌우가 참지 못하고 물었다.

장청이 담담한, 그러나 상당한 의지가 담긴 음성으로 대답했다.

"혈사림을 지원해야 합니다."

*   *   *

"이게 혈고란 말이군요."

조그만 상자에 담긴 혈고를 응시하는 한호의 표정이 묘했다.

천추세가에 큰 힘을 주는 것은 분명했지만 혈고는 보는 것만으로도 전신에 소름이 돋을 정도로 섬뜩한 느낌을 주었다.

"예. 이번에 새롭게 번식시킨 것이라 합니다. 그동안 혈고가 부족해서 걱정이었는데 다행스런 일입니다."

소숙이 상자를 천천히 닫으며 말했다.

"일전에 시간이 꽤 걸린다고 들었던 것 같은데요."

"배양에 실패한 줄 알았던 것들 중에서 몇 개가 성공한 모양입니다. 수가 많지는 않습니다."

"그렇군요. 아무튼 광의에게 엎드려 절이라도 해야 되는 건 아닌지 모르겠습니다."

한호가 짐짓 과장된 표정으로 웃음을 터뜨리자 소숙도 마주 웃었다.

굳이 거론하지 않아도 광의의 활약은 천추세가의 그 어떤 이들보다 뛰어난 것이었다.

그가 만든 불사완구는 정무맹과 무당파를 무너뜨린 주역이었고 부작용을 최소화한 몽몽환도 천추세가의 전체 전력을 크게 향상시켰다.

특히 혈고는 많은 피를 흘리지 않고도 상대를 굴복시키는데 혁혁한 공을 세웠으니 만약 혈고가 없었다면 그 짧은 시간 동안 장강이북을 점령하는 것도 불가능했거니와 얼마나 많은 피를 봐야 할지 가늠조차 되지 않았다.

"그런데 혈고가 정말 안전하게 저들을 통제할 수 있는 것입니까? 아무리 생각해도 걱정이 되기는 합니다. 만약 혈고

가 없다면 우리에게 곧바로 칼을 들이댈 문파가 하나둘이
아니지 않습니까?"

천추세가에 굴복한 이들 중 상당수는 멸문지화를 택하더
라도 천추세가에 항복을 하지 않을 것이라 예상된 문파들
이었다.

원래의 계획이라면 그들 모두가 제거되어야 할 대상이었
지만 천추세가는 문파를 이끌어가는 무인들이 아니라 그들
의 가족이나 무공을 익히지 않은 아녀자들에게 혈고를 사
용했고 결국 많은 피를 보지 않고도 그들을 굴복시키는 데
성공했다.

문제는 한호의 걱정대로 과연 혈고의 효과가 얼마나 지
속되느냐, 은밀히 혈고를 제거하고 역습을 펼칠 가능성은
없느냐 하는 것이었다.

"걱정하지 마십시오. 혈고를 제거할 방법은 사실상 없다
고 해도 과언이 아닙니다."

소숙의 단언에 한호는 약간의 반발심이 생겼다.

"어째서요?"

"우선 숙주가 된 몸에 기생하는 자고를 해하려면 그 신호
가 곧바로 모고에게 전해집니다. 저들이 자고를 해하기 전
에 우리가 먼저 손을 쓸 수 있다는 것이지요."

"우리가 눈치를 채기 전에 해치울 수도 있는 것 아닙니까?"

"한 문파나 세가에 적어도 열 명 이상의 숙주가 있습니다. 그들 모두가 동시에 자고를 제거해야 하는데 그게 쉬울 리가 없지요. 아니, 그 모든 것을 떠나서 뇌 속에 기생하는 혈고를 제거한다는 것 자체가 불가능한 일입니다."

"이독제독이라고 독이나 어떤 약물을 사용하면……."

"현재까지는 뇌 속에 있는 혈고를 제거할 그 어떤 독도, 약물도 발견되지 않았습니다."

"극고의 열양지기를 이용하여 뇌 속에 있는 혈고를 태워 없애는 방법은 어떻습니까?"

소숙이 어이없다는 듯 고개를 저었다.

"그 정도의 고수라면 애당초 혈고에 당하지도 않습니다. 그리고 과연 그럴 실력이 있는 자가 몇이나 있을까요?"

"그도… 그렇군요."

한호가 자신의 억지를 인정하며 씨익 웃었다.

"광의가 말하길 그나마 가능성이 있는 것은 침술을 이용하여 직접 뇌 속에 있는 혈고를 완전히 잠재우는 것뿐이라고 합니다만 그 정도의 침술을 지닌 자가 극히 드물 뿐더러 앞에서 말씀드린 대로 한꺼번에 자고를 죽이지 못하면 실패나 마찬가지입니다."

"결국 혈고를 제거할 방법은 없다는 것이군요."

"예. 단언컨대 없습니다."

"하면 그것도 문제 아닙니까?"

"예?"

"언제까지 혈고를 몸에 심어놓을 수는 없는 노릇 아닙니까? 비록 지금은 어쩔 수 없이 혈고를 사용한다고 하더라도 시간이 지나고 완전한 우리의 수족이 된다면……."

"무슨 말씀인지 알고 있습니다. 하지만 그 문제는 차후에 생각할 문제입니다. 지금 당장은 완전히 굴복시킬 수 있는지의 여부가 중요한 것이니까요."

"제가 너무 앞서 갔군요. 알겠습니다. 필요하다면 써야겠지요."

한호는 그 순간, 혈고에 대한 반발심을 깨끗하게 지웠다.

"그럼 이번에 배양된 혈고는 포로들에게 사용하는 겁니까?"

"아닙니다. 어차피 그자들은 죽으면 죽었지 우리 쪽에 굴복할 가능성이 별로 없는 자들이 대부분입니다. 물론 혈고를 사용한다면 잠시나마 굴복은 시킬 수 있을지 몰라도 결정적인 순간에 무슨 짓을 할지 모릅니다. 그들 대신 처음부터 항복을 하거나 투항한 자들에게 사용할 생각입니다. 그들은 자신의 목숨을 귀하게 여기는 자들이니까요."

"그렇군요. 하면 포로들은 어찌하실 생각입니까? 그 수가 꽤나 되는 것으로 아는데요."

"생각 중입니다."

소숙은 슬그머니 대답을 회피했다.

그들에 대한 처리는 이미 결정을 하였으나 지금 굳이 밝힐 필요는 없다고 여겼다.

하지만 한호의 눈치는 소숙이 생각한 것보다 훨씬 빨랐다.

"광의에게 보내실 생각이군요."

내심을 들킨 소숙이 깜짝 놀란 눈으로 바라보자 한호가 대수롭지 않게 입을 열었다.

"제가 사부를 하루 이틀 뵌 것도 아니고 그 정도도 눈치채지 못할 줄 알았습니까?"

"계획… 을 바꿔야 하는 것입니까?"

소숙이 조심히 물었다.

"아니요. 솔직히 마음에 들지는 않지만 광의의 연구가 우리에게 얼마나 도움이 되었는지를 생각하면 굳이 철회할 이유는 없을 것 같군요. 어차피 죽었어야 할 사람들이었으니까요."

뜻밖의 냉정한 모습에 소숙이 조금 당황한 듯한 표정을 짓자 한호가 농을 던졌다.

"아니면 그냥 엎으시던가요?"

"아, 아닙니다."

소숙이 황급히 손을 젓자 가볍게 웃음을 흘린 한호가 화제를 돌렸다.

"회합이 열흘 후던가요?"

"예. 지금쯤 이곳으로 달려오고 있을 것입니다."

"골치 좀 아프겠군요. 이런저런 말들이 많을 텐데 말이지요."

"어차피 결정은 가주께서 하는 것입니다. 저들의 의견이야 그저 참고를 할 뿐이지요."

"그렇다고 마구잡이식으로 밀어붙일 수는 없지요. 어느 정도 타당성이 있는 근거를 내세우며 명을 내려야 하지 않겠습니까?"

소숙의 양 미간이 살짝 좁혀졌다.

'그런 적이 과연 얼마나 있단 말입니까?' 라는 말이 절로 치밀었으나 애써 참았다.

"다른 것이야 문제가 되겠습니까만은 이견이 많을 것이라 예상되는 것이 몇 개 있습니다. 가령 장강이남을 언제 공략할 것인지에 대한 의견들 말이지요."

"사부께선 어찌 생각하십니까?"

"속도를 조금 조절해야 한다고 봅니다."

"어째서요?"

소숙의 의견이 자신의 생각과 같았음에도 한호는 내색하지 않았다.

"생각보다 너무 짧은 시간에 장강이북을 석권했습니다. 그 과정에서 쌓인 피로도는 엄청날 것입니다. 불사완구야 문제될 것이 없지만 다른 이들은 그렇지 않습니다. 더불어 장강이남을 공격하기 위해선 후방에 아무런 위협 요소가 없어야 합니다."

"우리를 위협할 만한 세력이 남아 있을까요?"

"그럴 만한 곳이 거의 사라졌다고는 하나 잠재력이 있는 세력이 몇 있습니다. 가령 황하련이나……."

"화산과 같은 경우겠지요."

"예. 고만고만한 문파 중에서도 힘을 합치면 제법 세력이 커질 곳도 있습니다. 정무맹에서 탈출한 자들도 있습니다. 비록 인원은 얼마 되지 않는다고 해도 군사 모용인의 능력이라면 단시간 내에 위협적인 세력을 규합할 수도 있습니다. 또한 개방도 있습니다."

"개방은 이미 초토화가 되지 않았습니까?"

"총단이 무너지고 수뇌들이 대부분 목숨을 잃었다고 해도 개방 자체가 사라진 것은 아닙니다. 방주 천목개는 물론이고 무엇보다 개방의 정신적인 지주라 할 수 있는 삼불신개가 건재합니다. 이미 흩어진 방도들을 수습하고 있다는 소식이 들어왔습니다."

"저도 개방의 얘기는 들었습니다. 다른 곳은 몰라도 개방
만큼은 이대로 방치해서는 안 된다는 생각입니다만."

"맞습니다. 소림과 무당이 사라진 지금 삼불신개가 이끄
는 개방은 정파의 구심점이 될 소지가 다분합니다. 반드시
막아야 합니다."

한호의 눈빛이 반짝 거렸다.

기회는 이때다 싶었던지 얼른 말을 꺼냈다.

"무림십강 중에서도 손꼽히는 고수입니다. 아무래도 제
가 나서는 것이……."

"가주!"

소숙이 정색을 하자 한호는 얼른 말을 돌렸다.

"하하하! 뭘 또 그리 정색을 하십니까? 그저 농이었습니
다."

"다시 말씀드리지만 가주께선 저들이 노리는 가장 큰 목
표라 할 수 있습니다. 언제 어디서 공격을 날아들지 모르는
상황이니 항상 조심을 하셔야 합니다."

"알고 있습니다. 이곳에 납작 엎드려 있을 테니 너무 걱
정하지 마십시오. 하면 제가 저를 대신하여 개방을 칠 사람
을 지목해도 되겠습니까?"

"물론이지요. 염두에 둔 사람이라도 있습니까?"

소숙이 기분 좋게 물었다.

"철검서생을 보냈으면 합니다."

"철검서생을요?"

"예."

"이유를 물어도 되겠습니까?"

"사부께서도 아시겠지만 이번 회합에 철검서생에 대한 문제는 반드시 거론될 겁니다."

"그렇겠지요. 그렇잖아도 대장로가 단단히 벼르고 있는 눈치입니다."

대장로 양조굉은 패왕사에서 보여준 철검서생의 행동에 대노한 상태였다.

식객청의 수장이자 무림십강이라는 철검서생의 지위 때문에 대놓고 뭐라 하지는 않고 있지만 적에 대한 공격을 거부하고 퇴각을 요청한 행동에 대해서 분명 책임을 져야 한다고 여기고 있었다.

"대장로의 입장도 충분히 이해가 갑니다. 당시 상황에서 철검서생의 행동은 명백한 항명이었으니까요."

소숙의 말에 한호는 고개를 저었다.

"식객청, 특히 철검서생은 대장로의 명을 받는 위치가 아닙니다. 항명이라는 말은 조금 어폐가 있지요."

"그래도 암묵적으로 인정을 하는 것이 있습니다. 그때의 책임자는 분명 대장로였습니다. 철검서생은 그의 명을, 아니, 부탁을 따라주어야 했습니다."

"그럴 수도 있겠지만 제가 철검서생이라도 아마 거부했을 겁니다."

"가주."

소숙이 걱정스럽다는 듯 바라보자 한호가 한층 진지해진 표정으로 입을 열었다.

"철검서생이 처음부터 싸움을 거부한 것은 아니었습니다. 오히려 가장 강력한 상대라 할 수 있는 일도파산과 대결을 하여 그를 쓰러뜨리는 쾌거를 거두었지요. 그 상황에서 철검서생 또한 상당한 부상을 당했을 것임은 굳이 보지 않아도 알 수 있는 일입니다."

"하지만 부상은 별문제가 아니었습니다."

"압니다. 그 이유가 더욱 중대하지요. 만약 장강무적도가 부상당한 철검서생을 공격했다면 어찌 되었을까요? 세인들은 화산검선이 사라진 지금 무림십강의 첫 번째 자리에 다름 아닌 장강무적도를 꼽고 있습니다."

"강하긴 강한 인물이지요."

소숙도 인정을 했다.

"그런 장강무적도가 적인 철검서생의 목숨을 취하지 않았습니다. 오히려 깨달음을 얻을 수 있는 단초를 주고 물러났지요. 이게 상식적으로 가능하기나 한 일입니까?"

"……."

소숙은 대답하지 못했다.

"당시 그들에게 중요한 것은 적이냐 아군이냐가 아니었습니다. 지고한 경지를 함께 바라보는 동료로서 인정하고 존중해 준 것이지요. 덕분에 철검서생은 자신을 가두었던 또 하나의 벽을 깨뜨리고 새롭게 태어났습니다. 한데 대장로는 철검서생이 무인으로서 두 번 다시 경험해 보지 못할 회열을 느낀 순간에 영감을 준 이들을 공격하라 한 것입니다."

"장강무적도가 아니라 장강수로맹의 병력을……."

"아니요!"

한호가 화난 얼굴로 말을 끊었다.

"말장난에 불과할 뿐입니다. 장강수로맹에선 철검서생을 막을 인물이 없습니다. 있다면 오직 한 사람 장강무적도뿐이었지요. 결국 그게 그겁니다."

한호가 정색을 하며 화를 내자 소숙은 아차 싶었다.

한호가 천추세가의 가주가 아닌 한 사람의 무인으로서의 의견을 피력할 때만큼은 가급적 말조심을 해야 한다는 것을 간과한 것이다.

"철검서생이 어찌 대장로의 말을 따를 수 있겠습니까?

만약 철검서생이 대장로의 말을 따랐다면 오히려 제가 용
서하지 않았을 겁니다."

"……."

소숙이 한숨을 내뱉으며 약간은 의기소침한 모습을 보여
주자 한호가 한결 누그러진 얼굴로 말을 이었다.

"그래도 회합에선 철검서생에 대해 많은 말이 있겠지요.
대장로의 체면도 있고 하니 무시할 수도 없고요. 그래서 철
검서생으로 하여금 개방을, 삼불신개를 공격하게 하려는
것입니다."

"공을 세우라는 말이군요."

"예. 패왕사의 싸움에서 철검서생이 대장로의 말에 따랐
다고 해도 장강수로맹의 주요 인물들은 이미 무사히 빠져
나간 상황이었습니다. 장강무적도가 존재했기 때문에 어쩌
면 별다른 소득이 없었을 수도 있고요. 하지만 이번 상대는
삼불신개입니다."

"하긴 부활을 노리는 개방을 쓸어버리고 삼불신개의 목
숨을 취할 수만 있다면 철검서생에 대한 논란은 무의미한
것이 되겠지요. 문제는 철검서생이 삼불신개를 능가할 만
한 실력을 지녔는가 하는 것입니다. 깨달음을 얻어 많이 강
해졌다고는 하지만……."

염려를 하던 소숙은 의미심장한 한호의 표정을 보며 짚

이는 바가 있었다.

"이미 상대를 해보았군요."

"글쎄요."

한호는 웃음으로 대답을 회피했지만 긍정이나 다름없었다.

생각해 보면 무공광이라 할 수 있는 한호가 새롭게 깨달음을 얻은 철검서생을 그냥 두고 볼 리가 없는 것이다.

"이… 길 수 있겠습니까?"

소숙이 한호의 눈치를 보며 물었다.

"예전의 철검서생이 아니더군요."

한호와 소숙이 서로 마주보며 웃었다.

문이 열리며 취운각주 모진이 들어섰다.

"무슨 일이냐?"

소숙의 물음에 모진이 서찰 한 장을 내밀었다.

"군림대로부터 연락이 왔습니다."

"그래?"

소숙이 반색을 하며 서찰을 집어 들었다.

서찰의 내용은 대충 훑어보는 것만으로 파악이 될 정도로 짧았다.

"뭐랍니까?"

한호가 술병을 기울이며 물었다.

"혈사림이 위치한 옥산 인근에 도착을 했다고 합니다. 곧 인면호리와 접촉을 할 것이라 하는군요."

"벌써요? 생각보다 빨리 도착했군요."

"이번 일의 중요성을 잘 파악하고 있는 군림대주가 조금 서둘렀을 겁니다."

소숙의 말에 한호의 입가에 미소가 지어졌다.

군림대주인 한경(韓慶)이 소숙에게 얼마나 닦달을 당했을지 뻔히 눈에 보였기 때문이었다.

"인면호리는 이 사실을 알고 있습니까?"

"미리 연락을 취했으니 알고 있을 것입니다."

"지금 인면호리 곁에 있는 사람이 누구지요?"

"창해섬괴(滄海蟾怪) 인허(隣虛)와 그가 데리고 간 취운각의 요원들이 있습니다."

"아! 한동안 안 보이는 것 같더니만 인허 장로가 바로 그곳에 있었군요."

한호가 만족한 얼굴로 고개를 끄덕였다.

인허는 비록 무공은 다른 장로들에 비해 손색이 있을지 몰라도 깊은 심계와 지모는 따를 자가 없었다.

"예. 인 장로와 군림대라면 혈사림을 충분히 접수할 수 있을 것입니다. 현재 혈사림의 상황이 어떻지?"

소숙이 모진에게 물었다.

"혈사림주가 실종된 이후 인면호리를 상대하기 위해 굳게 뭉쳤던 자들이 조금씩 흔들리는 모습입니다."

"흔들린다?"

"예. 특히 독안마가 삼태상의 주도권을 빼앗기 위해 온갖 수단방법을 가리지 않고 있다고 합니다."

한호가 고개를 갸웃거렸다.

"삼태상이라는 자들은 혈사림에 대한 욕심이 없다고 하더냐?"

"아직까지는 그런 모습은 보이지 않고 있습니다."

모진의 대답에 소숙이 몇 마디 말을 덧붙였다.

"혈사림주에 대한 삼태상의 충성심은 의심할 여지가 없습니다."

"호~ 그 정도입니까?"

"예. 당금의 혈사림주가 쟁쟁했던 후보들을 물리치고 림주의 자리를 차지하는 데 삼태상의 역할이 지대했다고 하더군요. 혈사림주가 그들의 공동전인이라는 소문도 있었습니다."

"그렇다면 오히려 공략하기 편하겠군요."

"예?"

"삼태상이라는 자들이 그만큼 충성을 했다면 혈사림주는 당연히 그들을 중용했을 겁니다. 그로 인해 소외를 받는 자들이 있었겠지요. 가령 독안마와 같은 자들이요."

"그럴 수도 있을 것 같습니다."

소숙이 고개를 끄덕였다.

잠시 생각에 잠겼던 한호가 다시 입을 열었다.

"작전을 조금 수정해야겠습니다, 사부."

"어떻게 말인지요?"

"독안마의 세력을 조금 키워보는 것은 어떻겠습니까?"

"독안마를요?"

소숙이 조금 의외라는 표정으로 되물었다.

"예. 혈사림주가 실종된 지 얼마 되지 않았기 때문에 독안마의 세력은 아직 크지 않을 것입니다. 은밀히 지원을 해서 그들의 세력을 키우는 겁니다."

"삼태상과 부딪치게 한다는 거군요."

"그렇습니다. 그리되면 보다 쉽게 혈사림을 장악하지 않을까요? 혹시라도 우리가 인면호리를 지원하고 있다는 것을 놈들이 눈치채면 예전처럼 힘을 합칠 수도 있을 것입니다. 그런다고 큰 문제될 것은 없겠지만 군림대의 피해도 적지는 않을 겁니다."

"흠, 시간이 조금 걸릴 것입니다."

"군림대의 피해를 줄일 수만 있다면 조금 시간이 걸리는 것도 나쁘지는 않다고 봅니다. 단, 이번 계획에 변수가 하나 있기는 합니다."

"변수라니요?"

"혈사림주의 존재가 바로 그렇습니다."

"음."

"독안마가 지금은 자신의 야욕을 드러냈다고는 하나 혈
사림주가 무사하다는 것이 확인되면 어찌 돌변할지 모릅니
다. 물론 한 번 욕심을 품은 자가 다시 충성을 받칠 가능성
이 높지는 않지만 가능성은 배제할 수 없겠지요."

"그럴 수도 있겠습니다. 그런데 한 가지 간과하신 것이
있습니다, 가주."

소숙이 너털웃음을 터뜨리며 말했다.

"예? 무엇을……."

"잊으셨습니까? 실종된 혈사림주는 단전이 파괴되었습
니다."

"아!"

한호는 그제야 기억이 난듯 이마를 탁 때렸다.

"그랬지요. 풍도가 혈사림주의 단전을 망가뜨렸다고 했
습니다. 즉, 애당초 가능성이 없는 얘기였군요."

한호는 민망함을 감추지 못했다.

"단전이 망가지고 다시 부활한 예가 전혀 없지는 않습니
다. 그러나 짧게는 수년에서 길게는 수십 년에 걸쳐 노력을

한 결과였지요. 물론 부활을 했다고 하더라도 예전의 실력을 보여준 자는 단 한 명도 없었습니다."

"변수가 될 수 없겠군요."

"예. 다른 변수라면 모를까 혈사림주가 다시 나타날 가능성은 없습니다."

"그럼 계획을 수정해도 큰 문제는 없을 것 같습니다."

"그런 셈이지요."

"그럼 제 계획대로 하지요. 모진."

"예. 가주님."

"인허 장로에게 연락해서 독안마를 은밀히 지원하라고 전해. 군림대는 일단 대기토록 하고. 단, 시간이 너무 지체되거나 돌발 변수가 생기면 그때는 인 장로의 판단대로 움직이라고."

"알겠습니다."

"늦지 않게 연락이 가려면 바로 움직이는 것이 좋을 게다."

소숙의 말에 모진이 재빨리 예를 갖추고 물러났다.

모진이 문을 닫고 사라지자 한호가 술잔을 향해 손을 뻗었다.

"혈사림까지 우리 손에 들어오면 무림은 정말 깜짝 놀랄 것입니다."

"우리에게 대항하기 위해 힘을 합치겠지요. 어쩌면 이미 움직이고 있겠군요."

"어찌 되리라 보십니까, 사부?"

"쉽지는 않겠지만 본가에 대한 공포 때문이라도 결국 힘을 모으기는 할 겁니다."

"구심점은 당연히 장강수로맹이겠지요?"

"솔직히 모르겠습니다."

소숙이 고개를 흔들자 한호가 깜짝 놀라 되물었다.

"모르시다니요? 당연한 것 아닙니까?"

"가능성이 제일 높기는 하지만 소위 정파라는 자들의 논리가 그렇지 않으니까요."

"그럴까요? 하면 알게 되겠지요. 자신들이 얼마나 어리석은 행동을 하였는지 말입니다."

한호가 차갑게 웃었다.

천추세가로선 적들이 힘을 합치지 못하면 오히려 다행스런 일이었으나 어딘지 모르게 화가 난 얼굴이었다.

*　　　*　　　*

황하련과 더불어 천추세가의 마수가 미치지 못한 화산파의 분위기는 마치 폭풍이 쓸고 간 듯 황폐했다.

장문인과 매화검주는 물론이고 그들을 따라 천추세가로 향했던 매화검수들의 대부분이 목숨을 잃었다는 소식은 화산파에 청천벽력과 다름없었다.

사사천교와의 싸움에서 큰 피해를 당한 뒤, 유대웅의 합류로 쇠락하던 문파가 다시금 부활의 날개를 펼치는가 싶은 시점에서 날아든 비보에 충격을 이기지 못한 청구자는 그날 이후 식음을 전폐했고 청진자 또한 말을 잃고 한숨만 내쉬었다.

하지만 언제까지 그렇게 절망만 하고 있을 순 없었다.

처음엔 화산 주변에 펼쳐진 절진으로 인해 무사히 넘길 수 있었는지 몰라도 장강이북을 석권한 천추세가는 화산파를 가만히 두고 보지는 않을 터. 조만간 대대적인 공격이 있으리라는 것은 자명한 일이었다.

애써 마음을 추스른 청구자와 청진자가 제자들을 불러모은 것은 비보가 전해진 지 정확히 사흘만이었다.

청구자와 청진자를 비롯하여 운설당에 모인 사람은 집법원주인 정진 도장과 망진, 광진 도장, 그리고 유대웅이 수하로 들인 성운이었다.

"이제 너희뿐이구나."

청구자가 한자리에 모인 진자배 제자들을 보며 슬픔이 가득 찬 미소를 흘렸다.

세 사람은 아무 말도 못하고 고개를 숙였다.

"아이들은 어찌하고 있느냐?"

"처음엔 큰 슬픔에 빠져 있었지만 지금은 어느 정도 충격을 벗어났습니다. 다들 마음을 다잡고 수련에 힘쓰고 있습니다."

정진 도장이 공손히 대답했다.

"그래야지. 화산의 미래가 그 아이들의 어깨에 달려 있음이니."

청구자 애써 담담한 표정으로 고개를 끄덕였다.

청구자의 말이 끝나기를 기다렸던 청진자가 입을 열었다.

"너희를 이리 부른 것은 함께 의논할 것이 있어서다."

"말씀하십시오, 사숙."

"너희도 알다시피 장강이북이 사실상 천추세가의 손에 떨어졌다. 그나마 피해를 입지 않은 곳이 있다면 황하련과 본문뿐이다. 하나, 조만간 천추세가의 공격이 있을 것이라 예상된다."

순간, 세 사람의 얼굴이 파랗게 질렸다.

가볍게 혀를 찬 청진자가 비교적 담담한 표정으로 앉아 있는 성운에게 시선을 돌렸다.

"적이 공격을 해 온다면 진법으로 버틸 수 있겠는가?"

질문은 하는 청진자의 음성이나 태도는 꽤나 정중했다.

성운이 비록 유대웅이 거둔 수하이기는 하나 엄연히 다른 문파의 사람이고 또 진법으로 나름 일가를 이룬 능력자였다. 게다가 화산파를 위해 크게 애쓰는 모습을 보였기에 나름 대우를 해주는 것이었다.

"힘들겠지요. 잠시는 버틸 수 있겠으나 무너지는 것은 시간문제일 것입니다."

"버틴다면 대략 어느 정도나 버티겠는가?"

성운이 가만히 생각하다 입을 열었다.

"얼마나 많은 적이, 또 어떤 능력을 지닌 적이 오느냐에 따라 다르겠지만 단언컨대 완전히 뚫리기까지 반나절은 버틸 수 있을 것입니다."

성운은 사부인 운대선생과 함께 심혈을 기울여 만든 진법에 대단한 자신감을 가지고 있었다.

반나절이라 얘기는 했지만 능히 그 이상을 버틸 수 있으리라 생각했다.

"더불어 적들 또한 상당한 피해를 입게 될 것입니다."

"그걸 알고 있었기에 우리를 그냥 지나친 것이겠지. 산적놈들만 잔뜩 남겨두고. 정진아."

"예. 사숙."

"그놈들은 여전하더냐?"

"여전합니다. 산 아래에 진을 치고 단 한 발자국도 움직이지 않고 있습니다."

"매일같이 고기 굽는 냄새가 진동합니다."

망진 도장이 이를 부득 갈며 말했다.

"망할 놈들! 언제고 이 빚을 갚을 날이 올 것이다."

청진자 또한 화를 참지 못하고 언성을 높였다.

"진정하게. 본론을 얘기해야 하지 않겠나."

청구자가 청진자를 향해 흥분을 가라앉히라는 듯 가볍게 손짓을 했다.

"죄송합니다, 사형. 놈들의 행태가 하도 괘씸해서."

"이해하네. 그렇지만 지금은 그 어느 때보다 냉정한 판단력과 차가운 이성이 필요할 때라네. 그건 너희도 마찬가지다."

"예. 사백."

세 제자가 동시에 대답을 했다.

"아무래도 이곳을 떠나야 할 것 같은데 어찌 생각하느냐?"

청구자의 말에 이미 얘기를 나눈 청진자는 지그시 눈을 감았고 정진 도장과 망진, 광진 도장은 저마다 놀라움을 감추지 못했다.

운설당에 모일 때부터 어느 정도 특단의 조치는 예상을

했지만 생각보다 너무 강력했다.

"화산파를 보호해 주는 진법도 완전한 것이 아니라는 것을 전해 들었지 않느냐? 본문의 명맥을 유지하고 살아남기 위해선 이곳을 벗어나는 방법뿐이다."

세 사람은 쉽게 입을 열지 못했다.

많은 생각이 뇌리를 맴돌았지만 입 밖으로 흘러나오지 못했다.

"화산을 떠나면 어디로 가는 것입니까?"

정진 도장이 물었다.

"어디겠느냐? 세상천지 우리가 믿고 의지할 수 있는 곳은 오직 한 곳뿐이다."

청구자의 말에 망진 도장이 얼른 물었다.

"장강수로맹입니까?"

"그래. 장강수로맹이다."

유대웅이 장강수로맹의 맹주라는 것을 일찌감치 알고 있었기에 다들 별다른 거부감을 보이지 않았다. 오히려 천추세가와 유일하게 맞서 싸워 이긴 장강수로맹의 맹주가 화산파의 제자라는 것이 내심 자랑스럽기까지 했다.

"녹림도가 이곳을 완전히 포위한 상태입니다. 놈들의 이목을 속이고 화산을 빠져나가는 것이 가능할는지 모르겠습니다."

광진 도장이 굳은 표정으로 말했다.

"그건 걱정하지 마라. 너희의 사숙이 어떻게든 방법을 마련해 줄 테니까."

순간, 굳었던 세 사람의 안색이 환해졌다.

그들은 청구자 못지않게, 아니, 그 이상으로 유대웅의 힘을 단단히 믿고 있었다.

"아침에 전서구를 띄웠으니 곧 답이 올 것이다."

＊　　　＊　　　＊

"불가합니다!"

태호청이 떠나가라 외치는 소리에 유대웅은 물론이고 그곳에 모인 모든 사람이 놀란 눈으로 장청을 바라보았다.

꽤나 깐깐하고 고지식하며 감정을 잘 드러내지 않던 장청이 이토록 흥분하는 모습을 본 적이 없었기에 놀람은 더욱 컸다.

하지만 놀람은 놀람일 뿐 다들 이해한다는 표정으로 고개를 끄덕였다.

그럴 만도 한 것이 지금 유대웅의 말은 비단 장청뿐만 아니라 태호청에 모인 모든 이 또한 납득하기 힘들 정도로 파격적인 것이었다.

오직 뇌하만이, 참석을 하기는 했으되 회의엔 별다른 관심이 없었던 장강무적도만이 재밌다는 듯 웃음을 터뜨리고 있었다.

장청의 격한 반응에도 유대웅은 얼굴 하나 변하지 않았다.

"어째서 불가하다는 거지?"

"모르셔서 묻는 것입니까?"

"지금 상황에서 혈사림까지 천추세가의 손에 떨어지면 돌이킬 수 없는 상황이 벌어진다고 말한 사람은 군사였다. 난 그것을 막기 위해 움직이려 한 것이고."

"막아야 하지요. 분명 막아야만 합니다. 그렇다고 맹주께서 움직이실 필요는 없습니다. 이번 싸움으로 맹주님의 정체가 만천하에 드러났습니다. 더 이상 호면패왕은 존재할 수 없다는 말입니다."

"그렇겠지."

유대웅이 대수롭지 않다는 듯 고개를 끄덕였다.

그것이 답답했는지 장청은 앞에 놓인 찻물을 단숨에 들이켜고 말을 이어갔다.

"천추세가가 세상에 모습을 드러낸 이후, 단 한 번의 실패가 있었는데 바로 패왕사에서 벌어진 싸움이었습니다."

패왕사라는 이름에 태호청에 모인 이들의 얼굴엔 저마다

다른 표정이 떠올랐다.

어떤 이는 패왕사의 승리에 자부심을 가진 표정이었고 어떤 이는 당시에 희생된 동료와 수하들을 떠올리며 슬픔에 젖었다.

"패왕사에서의 승리는 폭풍처럼 몰아치는 천추세가의 행보에 제동을 걸었다는 것에 큰 의의가 있었습니다. 또한 공포에 젖은 이들에게 희망이라는 단어를 떠올릴 수 있게 해준 뜻깊은 승리였지요. 하지만 그로 인해 맹주님은 천추세가의 제일공적이 되었습니다. 천추세가에서 뿌린 간자들의 눈이 늘 맹주님의 행보를 쫓을 것이고 언제 어느 순간에 암수가 들이닥칠지 모릅니다."

"……."

"이런 상황에서 만약 맹주께서 직접 혈사림을 돕고자 움직이신다면 저들은 그야말로 쌍수를 들고 환영을 할 것입니다. 스스로 놈들에게 천재일우의 기회를 준 맹주님께 감사를 할 것이고 그것을 막지 못한 우리들을 비웃을 것입니다."

장청은 목에 핏대까지 세워가며 불가함을 설명했다.

유대웅의 성격을 익히 아는 바, 확실하게 해두지 않으면 서찰 한 장 달랑 써놓고 떠날 사람이었다.

"노부도 같은 생각이다. 이번 일은 너무 위험해. 그리고 명색이 장강수로맹의 맹주가 직접 움직이는 것도 체면상 어울리지 않는 일이고."

뇌우가 장청의 말에 힘을 보탰다.

다른 사람은 몰라도 뇌우가 그런 말을 할지 몰랐던 장청은 생각지도 못한 원군에 기꺼워하며 고맙다는 눈인사를 보냈다.

"마 장로께선 어찌 생각하십니까?"

유대웅이 마독에게 물었다.

"글쎄요. 맞다 틀리다 라고 말을 할 수 있는 사안은 아니라고 봅니다만 걱정이 되는 것은 사실입니다."

사실상 반대의 의견이었다.

"그렇지만 달리 생각해 볼 필요도 있을 것 같아요."

모두의 시선이 항몽에게 쏠렸다.

"그게 무슨 말씀입니까?"

장청이 조금은 불쾌한 표정으로 물었다.

"정무맹에서 탈출한 이들을 돕기 위해 백호대가 움직였어요. 그리고 화산파의 문제도 있지요."

항몽은 조금 전, 혈사림에 대한 문제가 막 대두되었을 때 화산파에서 급히 날아온 소식을 상기시켰다.

화산파에서 보낸 전갈이 장강수로맹에 도착한 것은 그들이 막 혈사림의 문제에 대해 논의하기 시작할 무렵이었다.

청구자는 화산파를 지키기 위해 제자들을 장강수로맹으로 보낼 생각을 내비쳤고 그에 대한 도움을 요청했다.

서찰의 내용이 공개되었을 때 태호청에 모인 이들 중 단 한 명도 입을 열지 못했다.

사문의 운명이 걸린 일이었지만 청우 또한 입을 열지 못했다.

장강이북이 천추세가에 떨어진 지금 화산파의 제자들을 무사히 탈출시키기 위해선 엄청난 위험이 뒤따를 것이었다.

설사 화산에서 무사히 탈출을 한다고 해도 천추세가의 이목을 완전히 따돌리기란 사실상 불가능한 것.

얼마나 거센 추격이 있을지, 또 그 과정에서 얼마나 많은 피해를 입게 될지 상상도 할 수 없었다.

그렇다고 도움을 주지 말자는 말을 할 수도 없었으니 화산파는 유대웅의 뿌리와 같은 곳이기 때문이었다.

결국 결정은 온전히 유대웅의 몫이었다.

유대웅의 고민은 길지 않았다.

장청이 서찰의 내용을 공개하기가 무섭게 장청으로 하여금 화산파의 제자들을 어떻게 하면 무사히 데리고 올 수 있을지 방안을 마련하라 명령을 내린 것이다.

"천추세가의 이목을 뿌리치고 화산파의 제자들을 무사

히 빼돌리기 위해선 얼마만큼의 병력을 투입해야 할지 알수 없어요. 장강도 지켜야 하지요. 아직까지 별다른 움직임을 보이고 있지 않지만 적들이 언제 기습적으로 공격을 해올지 모르니까요. 그런 상황에서 혈사림을 지원하기 위해 또다시 병력을 뺀다는 것은 사실상 불가능하다고 봅니다."

항몽이 자신의 말에 대부분의 사람이 수긍하는 것을 확인하며 말을 이었다.

"그럼에도 불구하고 군사께서 말씀하셨다시피 혈사림이 천추세가에 넘어가는 것만은 반드시 막아야겠지요. 한마디로 최소한의 병력으로 천추세가를 막아야 한다는 것인데 그렇다면 결국 방법은 맹주님 정도의 실력을 지니신 분이 움직이시는 것뿐이지요."

항몽의 말이 끝나자 모든 이의 시선이 한곳으로 움직였다.

한데 재밌는 것은 그 시선의 방향이 유대웅이 아니라 그 사이 딴짓을 하고 있는 장강무적도에게 향해 있다는 것이었다.

분위기가 묘해지자 슬쩍 주변을 둘러본 뇌하는 자신에게 쏠린 이목을 확인하곤 코웃음을 쳤다.

"어림없다. 귀찮은 일은 한 번으로 족하다."

"천추세가에서 맹주님을 제거하기 위해 눈에 불을 켜고 있습니다. 게다가 맹주님은 이곳을 지키셔야 합니다. 이번 일을 맡으실 분은 어르신뿐입니다."

장청의 말에 뇌하가 어이없다는 듯 소리쳤다.

"하면 노부는 죽어도 좋다는 말이냐?"

"그, 그건 아닙니다."

장청이 당황하여 고개를 흔들었다.

"아니긴 뭐가 아니야? 말이 그런 것을."

"오해십니다. 제 말은 절대 그런 뜻이 아닙니다. 다만 혈 사림의 일이 워낙 중차대한 일이기에……."

뇌하의 괴팍한 성정을 잘 알고 있던 장청이 거듭 변명을 했다.

쩔쩔매는 장청을 보며 자신도 모르게 웃음을 터뜨리는 사람도 있었다.

"농은 그 정도로 되었습니다."

자우령이 뇌하를 말리고 나섰다.

"네가 이해해라. 선배가 심통이 조금 나셨다."

"내가 언제!"

뇌하가 발끈하여 소리쳤지만 자우령은 대꾸조차 하지 않고 말을 이어갔다.

"위험하기는 하지만 노부는 맹주가 움직이는 것이 낫다

고 생각한다.

"태상장로님!"

장청이 깜짝 놀라 소리쳤다.

"그럴 만한 이유가 있기 때문이다."

"대체 어떤 이유가 있기에……."

장청이 납득하지 못하자 자우령이 아닌 뇌하가 대신 답했다.

"녀석은 자신의 무공을 제대로 확인하고 완성시키고 싶은 것이다."

"예?"

장청이 멍한 표정으로 되물었다.

"이번에 새롭게 얻은 패왕의 무공을 시험하고 싶은 것이란 말이다. 조금만 기다리면 어련히 알아서 사용하게 될까. 그 사이를 못 참고 있으니……."

"새로운 무공이라면 팔뢰진천?"

청우가 놀라 물었다.

"예. 언제고 사부께 팔뢰진천에 대해 여쭸을 때 이런 말씀하셨지요. 어딘지 모르게 미진한 구석이 있다고. 이번에 그 이유를 알아냈습니다."

"혹 초진창에 비밀이 있었던 건가?"

청우의 말에 도리어 유대웅이 깜짝 놀랐다.

"그걸 어찌 아셨습니까, 사형?"

"모르는 게 이상하지 않을까? 팔뢰진천이라는 무공 자체가 창법이야. 초진창을 얻고 새롭게 무공을 깨달았다면 초진창에 뭔가가 있다는 말이겠지."

"예. 맞습니다. 초진창에 비밀이 있었습니다. 초진창에 팔뢰진천의 미진한 부분을 완전히 해결할 수 있는 구결이 숨겨져 있었습니다."

둘의 얘기를 경청하고 있던 단혼마객이 놀란 표정으로 물었다.

"구결이 완전하지 않았다면 오히려 위험한 무공이 아닙니까? 제가 알기론 맹주께서 별 무리 없이 팔뢰진천을 사용한 것으로 아는데요. 그 위력을 견딜 수 있는 창이 없어서 가급적 자제를 하셨지만요. 아닙니까?"

"맞습니다. 그랬지요. 하지만 팔뢰진천의 진정한 위력을 보기 위해선 초진창에 숨겨진 구결이 반드시 필요했습니다."

"한데 구결은 어떻게 발견하게 된 것이냐? 노부가 초진창을 봤을 때 구결 같은 것은 없었던 것으로 기억하는데."

뇌우가 처음 초진창을 접했던 기억을 떠올리며 물었다.

"패왕사에서 몸에 깃든 선천지기를 뽑어내고 초진창을

얻었을 때 확인했습니다. 제 몸에서 흘러나온 피가 팔을 타고 초진창을 뒤덮자 창에 새겨져 있던 무늬들 사이로 구결이 모습을 드러내더군요. 바로 그때 알았습니다. 팔뢰진천의 진정한 힘을 얻기 위해선 목숨이 경각에 달릴 정도의 큰 위기를 경험해야 한다는 것을요."

"그래서 익혔느냐?"

"예. 익혔습니다."

"어느 정도나 되더냐?"

뇌우의 물음에 유대웅은 빙그레 웃음을 지을 뿐 속 시원히 대답을 하지 않았다.

그러자 자우령이 은근한 언조로 입을 열었다.

"방금 전, 뇌하 선배가 심통을 부린다는 말을 기억하나?"

"물론."

"그 이유를 생각해 보면 알 것이네."

순간, 자우령의 말을 이해한 이들 모두 경악에 찬 얼굴로 유대웅을 바라보았다.

뇌하가 유대웅과 종종 비무를 한다는 것을 모르는 사람은 없었다.

비무의 결과에 대해선 두 사람이 모두 함구를 하고 있어서 알 수 없었지만 유대웅이 다소 우위에 있다는 것이 모두의 공통된 생각이었다.

뇌하도 이를 인정하는 발언을 종종 해왔는데 그렇다고 지금처럼 심통을 부린 적은 단 한 번도 없었다.

심통을 부린다는 것은 곧 상대의 실력에 질투를 하고 대한 부러움을 느낀다는 것이었고 이는 대단히 의미심장한 일이었다.

그런 질투와 부러움을 표출한 사람이 다른 누구도 아닌 장강무적도였기 때문이었다.

유대웅이 별다른 반응을 보여주지 않자 그에게 쏠렸던 시선이 뇌하에게 향했다.

그들의 시선을 애써 모른 척하던 뇌하가 결국 참지 못하고 소리를 질렀다.

"그래 졌다. 져도 아주 깨끗하게 졌지. 하지만 아직 완전하진 않아. 창을 많이 사용하지 않아서 그런지 몸에 맞도록 완전히 체득을 하려면 많은 노력이 필요하다고 본다. 맹주가 위험하다는 것을 알면서 굳이 혈사림의 일에 개입을 하겠다는 것은 그 과정에서 이번에 새롭게 얻은 무공을 제대로 완성시키려는 의도라고 보면 될 것이야."

뇌하의 말에 다들 입을 쩍 벌렸다.

무림십강에서도 손꼽히는 고수인 뇌하가 스스로 패배를 인정을 했다는 것은 화산검선에 이어 또 다른 천하제일이 탄생했음을 선언하는 것과 다르지 않았기 때문이었다.

"그런데 궁금한 것이 있다."

"무엇입니까?"

"노부가 보기에 네 행보가 다소 조급해 보인다. 이번 일만 해도 그래. 하루라도 빨리 팔뢰진천의 극의를 보고 싶은 네 행동을 이해하지 못하는 것은 아니나 그렇다고 이렇게 서두르는 것은……."

뇌하가 말끝을 흐리자 유대웅이 지금껏 보여주지 않은 진지한 모습으로 대답했다.

"상대가 그만큼 강하기 때문입니다."

뇌하는 물론이고 태호청에 모인 모두의 얼굴이 딱딱하게 굳었다.

"상대라면 혹 천추세가의 가주를 말함이냐?"

"예."

"어느 정도나 강하기에……."

"정확히 가늠하지는 못했습니다. 하지만 일전에 만났을 때의 느낌대로라면 석년의 사부님을 능가하는 것 같습니다."

꽝!

엄청난 충격파가 태호청에 몰아쳤다.

불세출의 거인 화산검선의 실력은 그 누구도 넘보지 못할 신성불가침의 영역이었다.

한데 다른 누구도 아닌, 어쩌면 화산검선의 무위를 가장 정확하게 꿰뚫고 있는 유대웅의 입에서 천추세가의 가주가 더 강할 것이라는 말이 나온 것이다.

믿고 싶지 않아도 믿을 수밖에 없는 현실에 다들 할 말을 잃었다.

"지금의 너와 비교하면 어떠냐?"

"모르겠습니다. 질 것 같지는 않지만 이길 것 같지도 않습니다."

태호청에 또 한 번의 충격이 몰아쳤다.

유대웅의 말인즉슨 천추세가의 가주뿐만 아니라 그 또한 화산검선의 실력을 뛰어넘었다는 선언이나 마찬가지였기 때문이었다.

"네, 네가 그 파, 팔뢰진천인가 뭔가 하는 무공을 대성한다면 어찌 되는 것이냐?"

뇌우가 흥분을 감추지 못하고 물었다.

정색을 하고 있던 유대웅의 입가에 비로소 미소가 깃들었다.

"팔뢰진천은 고금무적(古今無敵) 패왕의 무공입니다."

第三十八章
혈사림(血死林)

태호청에서 열린 회의를 마친 유대웅이 발걸음을 옮긴 곳은 군산 동쪽에 자리한 이생당이었다.

　이생당엔 지금 오십 명이 넘는 인원이 머물며 치료를 받고 있었는데 부상이 경미하거나 비교적 상처가 중하지 않은 사람들은 모두 통원치료를 받는다는 것을 감안하면 엄청난 인원이 아닐 수 없었다. 그만큼 지난 싸움이 치열했다는 것을 증명하는 것이었다.

　그중에서도 가장 치열한 싸움을 펼친 곳은 황호대였다.

오강 주변을 막고 있는 적들을 유인하기 위해 적진 한 가운데로 뛰어든 황호대는 그들의 임무를 완벽하게 해냈다.

밤늦게 적진에 투입되어 시선을 끌다가 정오 무렵, 적의 포위망을 뚫고 철수를 하기까지 그들이 보여준 노력은 실로 눈물겨운 것이었다.

끊임없이 밀려드는 적을 상대하느라 탈진 지경에 이른 황호대가 적호대의 도움으로 겨우 퇴각에 성공했을 때 백 명의 백호대원 중 목숨을 건진 사람은 절반이 채 되지 않았고 그나마도 멀쩡한 사람은 단 한 사람도 없었다.

특히 포위망을 뚫기 위해 전력을 다했던 호태악의 부상은 목숨을 걱정해야 할 정도로 심각한 것이었다.

황호대 만큼은 아니지만 그들을 지원했던 적호대의 손실도 상당했는데 부대주를 필두로 대략 삼십 명이 목숨을 잃었다.

가장 막강한 적들과 부딪친 패왕사 전투에선 생각 외로 부상자가 적게 나왔는데 이는 유성대의 맹활약에 덕분이기도 했지만 강한 상대와의 싸움이다 보니 싸움에서 패했을 경우 부상이 아니라 그대로 죽음으로 귀결되었기 때문이었다.

그래도 숫자상 가장 많은 사망자와 부상자가 발생한 전

투는 남경 인근에서 벌어진 해사방과의 싸움이었다.

세 곳의 수채가 전멸을 했으며 전멸에 가까운 피해를 본 수채 또한 다섯 곳에 이르렀다.

전체적으로 삼백 명이 넘는 인원이 목숨을 잃었고 또 그만큼의 부상자가 발생했지만 워낙 부상자의 규모가 크다 보니 이생당만으론 그들을 감당할 수가 없었다.

결국 그들은 각 수채에서 머물며 부상을 치료하기로 결정했고 거기에 드는 비용은 장강수로맹의 총단에서 모조리 감당하는 것은 물론이거니와 유대웅은 선전을 펼쳐준 각 수채에 엄청난 양의 재물을 상으로 내려주었다.

진한 약내음에 콧잔등을 살짝 찌푸린 유대웅이 이생당 안으로 들어서자 모든 이의 시선이 일제히 그에게 쏠렸다.

하지만 소리 높여 인사를 하는 사람도 없었고 요란을 떨며 예를 차리는 사람도 없었다.

이생당에서 만큼은 지휘고하를 막론하고 정숙할 것과 환자를 치료하는 이생당의 의원은 누가 오더라도 자신의 임무에만 충실해야 한다는 것이 원칙으로 정해져 있었기 때문이었다.

"오셨습니까?"

유대웅이 찾아왔음을 확인한 이생당주 염비가 조심스런

걸음으로 다가와 예를 차렸다.

"고생이 많습니다, 당주."

"고생이라니요. 제가 해야 할 일입니다."

"다들 좀 어떻습니까? 오기 전에 들으니 점심나절에도 일이 있었다고요?"

염비가 씁쓸히 고개를 끄덕였다.

"예. 최선을 다했지만 결국 두 녀석이 떠나버렸습니다."

"어디 소속이었습니까?"

"황호대였습니다."

"역시 그랬군요."

유대웅이 침울한 표정으로 한숨을 내쉬었다.

자신을 구하기 위해서 스스로 미끼가 되어 적진 한가운데에 뛰어들었던 황호대였다.

그만큼 피해가 컸고 싸움이 지난 지금도 당시의 부상을 이겨내지 못하고 목숨을 잃는 이들이 속출했다.

"황호대주의 부상은 차도가 있습니까?"

유대웅이 힘없이 물었다.

"다른 사람은 몰라도 황호대주는 걱정하지 않으셔도 될 것 같습니다. 이곳에 올 때만 해도 가장 걱정이 많았던 친구였는데 조만간 예전의 모습으로 돌아갈 수 있을 것 같습니다."

"그래요? 그거 정말 다행이군요."

활짝 웃은 유대웅이 호태악이 누워 있는 곳으로 걸음을 옮기려 하자 염비가 그의 앞을 가로막았다.

"조금 전에 막 잠들었습니다."

"아, 그렇군요."

"잠만큼 환자에게 좋은 약도 없지요. 황호대주는 본능적으로 그것을 깨우친 것 같습니다. 먹는 시간을 제외하고는 깨어 있는 것을 본 적이 없습니다."

피식 웃은 유대웅이 염비에게 다가가더니 그의 귀에 대고 조용히 말했다.

"본능적으로 깨우친 것이 아니라 원래 곰 같은 녀석입니다."

"허허허! 그런가요?"

염비가 너털웃음을 터뜨리자 염비를 뒤따르던 몇몇 의원도 저마다 입을 가리고 웃음을 참느라 애썼다.

"저쪽 의원들과는 문제는 없습니까?"

유대웅이 분주히 움직이는 활인당 의원들을 가리키며 말했다.

"예. 전혀 없습니다. 조금은 무시를 당할 줄 알았는데 그런 기색을 전혀 내비치지 않더군요. 솔직히 저들을 통해 배우는 것도 많습니다. 특히 송유 선배님과 저 아가씨의 의술을 보고 있노라면 정말 감탄을 금할 길이 없습니다."

유대웅의 고개가 염비가 가리키는 손을 따라 움직였다.

커다란 두 눈에 환자를 살피는 송하연의 모습이 들어왔다.

유대웅의 입가에 절로 미소가 걸렸다.

유대웅은 자신도 모르게 발걸음을 옮겨 송하연이 있는 곳으로 다가갔다.

그런 유대웅의 모습을 보며 조용히 미소를 지은 염비가 슬쩍 몸을 돌렸다. 그리곤 유대웅을 뒤따르려는 호천단원과 의원들을 향해 물러나라 손짓했다.

얼굴 가득 미소를 띠고 송하연에게 다가가던 유대웅.

한데 그녀에게 가까워지면 가까워질수록 얼굴의 미소가 사라져 갔다.

'백천.'

상반신을 드러내고 치료를 받고 있는 백천의 모습에 마음 한편이 무거웠다.

시선이 붕대로 칭칭 감겨 있는 오른쪽 어깨로 향했다.

패왕사에서 있었던 싸움으로 백천은 오른팔을 잃었다.

송유와 송하연의 필사적인 노력 덕분에 팔이 잘리는 것

은 면하였으나 거기까지였다.

백천이 부상을 당한 오른팔로 할 수 있는 것이라곤 고작해야 젓가락질이 전부였고 그나마도 땀을 뻘뻘 흘리며 애를 써야 두어 번 성공하는 정도에 불과했다.

백천을 치료한 송유는 치료가 끝난 후, 꾸준히 노력하면 일반적인 생활은 가능할 것이나 결코 검을 잡을 수는 없다는 잔인한 결론을 내렸다.

무인에게 있어 무기를 쥐어야 할 손을 잃는 것은 사형선고나 마찬가지인 것.

백천은 그렇게 한쪽 팔을 잃었다.

"왔어?"

등을 돌리고 있는 송하연과는 달리 백천은 유대웅의 등장을 금방 알아보았다.

"그래."

유대웅의 목소리에 화들짝 놀라며 몸을 돌리는 송하연과 유대웅의 눈이 허공에서 딱 마주쳤다.

예전이라면 그 순간, 머릿속이 새하얗게 변하며 아무런 말도 못하고 멍청한 실수만 해댔겠지만 지금은 달랐다.

사사천교와의 싸움에서, 그리고 패왕사에서 생사고락을 함께 넘기고 결정적으로 송하연이 성수의가의 보물인 환혼금선단으로 유대웅을 살려내면서 둘 사이에 있었던 어색함과 온갖 오해는 자연스레 사라진 상태였다.

그 대부분이 송하연의 오해였지만 어쨌든 오해가 사라진 그 자리엔 가슴 뛰는 설렘과 관심, 풋풋한 연정이 들어섰다.

"어서 오세요."

"송 소저께서 고생이 많군요."

"고생은요."

송하연이 살포시 고개를 저었다.

닭살이 돋는다고 말할 정도는 아니었으나 둘 사이에 오고가는 말투는 어느새 상당히 편해졌고 나름 다정했다.

"그만 좀 쳐다봐라. 그러다 아예 눈 속으로 들어갈라."

백천의 핀잔에 유대웅이 얼른 고개를 돌렸다.

송하연의 양 볼에 홍조가 피어올랐다.

"쯧쯧, 쓸데없는 소리를 지껄이는 것을 보니 이제 좀 살 만한가 보네."

"팔이 이 꼴이 되기는 했어도 다른 곳은 멀쩡하니까."

유대웅의 농에 백천이 가볍게 받아쳤다.

늘 서로를 존중하며 조심히 대했던 두 사람은 함께 사선을 넘고 그들을 위협했던 죽음의 위기에서 가까스로 벗어나면서 어느 샌가 편히 마음을 터놓을 수 있는 친구가 되어 있었다.

나이차가 약간 있었으나 마음이 통한 그들에게 그건 문제가 되지 않았다.

팔을 툭툭치는 모습에 유대웅이 표정이 살짝 굳어지는 것을 본 백천이 가만히 고개를 흔들었다.

"그렇게 걱정하지 마. 팔 하나 망가졌다고 어찌 되지 않아. 게다가 이쪽 팔은 멀쩡하고."

백천이 왼팔을 들어 흔들었다.

"무슨 생각이야?"

"무슨 생각이긴. 이가 없으면 잇몸으로라도 씹어야지. 좌수검(左手劍)을 익힐 생각이다."

"좌수검을?"

유대웅의 눈이 화등잔만 해졌다.

"그래."

"평생 오른손을 쓰던 사람이 익히기는 쉽지 않은 무공이다. 딱히 익힐 만한 무공의 종류도 많지 않고."

"당연히 쉬울 것이라곤 생각하지 않아. 그렇다고 불가능하다고는 더더욱 생각하지 않고. 죽을힘을 다해 노력을 하면 얻을 수 있다고 본다. 최소한 팔 하나 잃고 주저앉았다는 소리는 듣지 않겠지."

유대웅은 백천의 눈에서 드러난 슬픔과 절망감, 그리고 그 뒤에서 일렁이는 새로운 희망과 의지를 읽고는 고개를 끄덕였다.

"그래. 너라면 잘할 수 있을 것 같다. 도움이 필요하면 언제든지 말해. 나도 최선을 다해 도와주마."

"그래. 이참에 잘난 친구를 둔 덕 좀 보지 뭐."

백천은 유대웅의 호의를 거절하지 않았다.

"아참, 화산파에 대한 얘기를 들었다."

"무슨 얘기?"

"이곳으로 데리고 온다면서?"

"빠르기도 하네. 운밀각의 정보력은 저리가라군."

유대웅의 웃음에 백천이 어깨를 으쓱거렸다.

"이것저것 주워 들은 거지. 그런데 우리 쪽에선 아직 별다른 연락이 없고?"

"없어. 군사가 연락을 취한 것 같기는 한데 잘 모르겠네."

백천의 얼굴이 살짝 어두워졌다.

"황하련도 화산파처럼 어떤 식으로든 결단을 내려야 되는데 걱정이네. 아무리 지형적 위치가 좋고 여차하면 배로 도망을 치면 그만이라지만 그것도 잠깐이지. 이대로 가다간 천추세가에 꼼짝없이 당하게 될 거야."

"그렇겠지."

"아무래도 아버지를 만나뵈야겠다."

백천이 당장 움직이려는 모습을 보이자 유대웅이 그를 말렸다.

"그냥 있어. 그렇잖아도 그 문제로 군사와 말씀을 나누시는 것 같으니까."

"그래? 그럼 다행이고. 그런데 그건 또 어떻게 된 일이냐?"

"뭐가?"

백천이 송하연의 눈치를 힐끗 보며 말했다.

"혈사림."

순간, 송하연의 몸이 움찔했다.

"그렇게 되었다. 혈사림주가 실종된 것은 너도 알잖아. 천추세가에서 손을 쓴 것 같은데 이런 상황에서 혈사림마저 천추세가에 넘어가면 정말 곤란하다."

"삼천 중 가장 약세였다고는 하나 대단한 곳이지. 그 힘이 천추세가에 고스란히 넘어간다면 단순히 곤란한 정도가 아니겠지."

"그래. 그것만은 반드시 막아야 하는데 싸움이 끝난 지 얼마 되지 않은데다가 이런저런 이유로 병력을 움직이기가 만만치 않아."

"그렇다고 맹주가 직접 움직이는 것은 좀 그렇지 않아? 위험하기도 할 테고."

"완전히 혼자는 아니야. 그리고 혈사림과 인접한 문파들에게도 도움을 요청할 생각이다. 그들도 머리가 있다면 지금 상황이 어떻게 돌아가고 있는지 알 것이고 뭔가 방법을 강구하겠지."

"과연 그럴까? 다른 곳도 아니고 혈사림이야. 게다가 천추세가. 미래를 보기 보단 과거와 현재를 중요하게 여기는 자들이라면 함부로 움직이지 않을 거다."

"그러지 말기를 바라야지."

쓰게 웃던 유대웅은 송하연의 표정이 굳어 있는 것을 보곤 가볍게 미소를 지었다.

"죽으러 가는 것 아니니까 너무 그렇게 걱정하지 마세요."

"많이 위험하다고 들었습니다."

송하연이 불안감을 감추지 못하고 말했다.

"방금 들었듯이 혈사림의 지키지 못하면 더욱 위험해져요. 그렇다고 무모하게 뛰어들지는 않을 테니까 너무 걱정하지 마세요."

"그래도……."

"믿으세요. 걱정하시는 그런 위험은 없을 겁니다."

자신감 넘치는 음성에 굳었던 송하연의 얼굴이 살짝 펴졌다.

"조심히 다녀오세요. 기다릴게요."

수줍은 그녀의 한마디에 유대웅의 얼굴에 웃음꽃이 피었다.

                    *   *   *

"뭐라? 지금 뭐라 했느냐?"

혈사림의 태상 귀령사신이 경악에 찬 얼굴로 물었다.

"사무점(司務粘)이 독안마에게 넘어갔다고 말씀드렸습니다."

허수아비나 마찬가지인 수장과는 달리 혈사림의 정보조직 흑비조를 한손에 틀어쥐고 있는 부장 검수린이 침통한 표정으로 대답했다.

"사무점이 넘어갔다면 검혈단(劍血團)도 넘어갔다는 말이겠군."

"검혈단주가 사무점의 동생이니 같은 배를 탔다고 해도 무방할 것입니다."

"큰일이군. 인면호리를 신경 쓰다 독안마를 너무 간과했어. 짧은 시간에 세력이 너무 강력해지고 있지 않는가."

"춥, 인면호리와 손을 잡지 않은 것이 그나마 다행이라고 해야 하나?"

좌상 성안(星按)이 가슴까지 내려온 수염을 쓸어 올리며 말했다.

"바보가 아닌 이상 인면호리 뒤에 천추세가가 있다는 것을 알고 있으니 그럴 리야 없겠지."

"바보는 아니나 뱀보다 간사한 놈이지. 혈사림의 근간이 흔들리는 중요한 순간에 림주께 문제가 생기자마자 기다렸다는 듯 뒤통수를 때리다니 말이야."

우상 유덕강(柳德强)이 진득한 살기를 뿜어내며 말했다.

성안은 과거, 능위가 혈사림주에 오르기 위해 벌였던 권력 투쟁 당시 상대편에 섰던 것을 떠올렸다.

"원래부터 야심이 많은 놈이었지. 그동안 림주님의 힘에 억눌려 있었던 욕망이 제대로 터진 것이네. 우리에 대한 감정도 좋지 않았고. 이럴 줄 알았으면 차라리 처음부터 싹을 자를 걸 그랬어."

"어쨌건 사무점이 넘어갔으니 독안마의 힘이 인면호리를 넘어서게 되었군. 수린아."

귀령사신이 검수린을 불렀다.

"예, 태상어른."

"지금 상황이 어떤 것 같으냐?"

"솔직히 좋지 않습니다."

"어느 정도냐?"

설명에 앞서 잠시 숨을 고른 검수린이 착 가라앉은 음성으로 설명을 시작했다.

"우선 지금 상황을 간단히 정리해 보는 것이 좋겠습니다. 이십여 일 전, 림주님께서 혈사림으로 돌아오시다가 실종이 되실 때만 해도 혈사림의 문제는 오직 인면호리뿐이었습니다. 천추세가의 은밀한 지원을 업고 반역을 꿈꿨지만 놈의 야욕이 일찍 드러나는 바람에 사실 큰 문제는 아니었습니다. 인면호리 쪽에 붙은 놈들의 전력이 혈사림 전체로 봤을 때 삼 할이 채 되지 않았으니까요. 문제는 림주님께서 실종이 되시고 생사가 불투명해지시면서 불거졌습니다."

"독안마가 기다렸다는 듯 욕심을 드러냈지."

유덕강이 이를 부득 갈았다.

"그렇습니다. 실종되신 지 정확히 열흘이 지나던 시점에서 본격적으로 움직이기 시작한 독안마는 그동안 다소 소외당했다고 여기는 이들을 규합하며 순식간에 세력을 불리기 시작했습니다. 제 생각엔 이번 일이 벌어지기 전에 어느 정도 교감은 있지 않았나 싶습니다."

"노부도 그렇게 생각한다. 우리가 눈치채지를 못해서 그렇지 아마도 일찍부터 모의를 했을 것이야."

귀령사신이 고개를 끄덕였다.

"그건 곧 림주님과 세 분께 불만을 가졌던 자들이 생각보다 많이 존재했다는 것을 의미합니다."

"기분이 좋지 않지만 결과가 이리 나왔으니 인정을 안 할 수가 없군."

성안이 씁쓸한 표정을 지으며 말했다.

"문제는 독안마의 힘이 끝을 모르고 커지고 있다는 것입니다. 대략 오륙 일 전부터 감지된 것인데 독안마 측에서 엄청난 양의 돈이 풀리며 급격히 힘이 쏠리고 있습니다. 흑비조에서 오늘 올라온 보고에 따르면 사무점을 필두로 사십사군 중 절반이 독안마 쪽으로 넘어갔고 장로들 중에서도 상당수가 독안마 쪽으로 이동을 하였습니다."

"장로들까지? 이 늙은이들이! 노부가 그리 단속을 했건만."

화를 참지 못한 유덕강이 벌떡 일어나 소리쳤다.

"문제는 정확히 누가, 몇 명이 넘어갔는지 파악이 제대로 되지 않는다는 것입니다."

"흑비조에서도 알지 못한다는 것이냐?"

귀령사신이 인상을 찌푸리며 물었다.

"인원이 너무 부족합니다. 흑비조의 인원 중 태반이 림주님을 찾기 위해 움직였습니다. 나머지도 천추세가의 동향을 살피라는 명을 내리지 않으셨습니까? 내부의 일을 살필 요원이 너무 부족합니다."

"그렇기도 하구나."

귀령사신이 힘없이 고개를 끄덕였다.

"혹, 흑비조에도 네가 모르는 간자가 끼어든 것은 아니더냐?"

성안의 말에 검수린이 단호히 고개를 저었다.

"그런 일은 있을 수 없습니다. 아시잖습니까? 이번 일이 터지면서 제가 가장 먼저 취한 조치를."

"하긴, 네가 그것을 두고 볼 녀석이 아니지. 미안하구나."

성안은 자신이 실수를 했음을 솔직히 인정했다.

그럴 만도 한 것이 독안마가 세력을 키우는 것이 감지되자마자 검수린은 흑비조의 수장을 흔적도 남기지 않고 제거해 버렸다.

새롭게 수장에 오른 자가 독안마에게 줄을 대고 있었기 때문이었는데 비록 그가 흑비조 내에서 아무런 영향력을 행사하지 못하는 자라 해도 만에 하나 있을 불상사에 대비한 것이었다.

"그런데 이상하구나. 독안마는 대체 어떻게 그럼 엄청난 양의 자금을 동원했단 말이냐?"

"저 또한 그것이 이상해서 최대한 파고 들어봤지만 별다른 소득은 없었습니다. 한 가지 확실한 것은 그것이 독안마의 수중에서 나온 돈은 아니라는 것입니다. 단언컨대 독안마는 그 정도의 돈을 지니고 있지 못합니다."

"하면 외부에서 돈이 흘러들어왔다는 것인데……."

귀령사신이 곤혹스런 얼굴로 생각에 잠기자 유덕강이 불쑥 입을 열었다.

"천추세가에서 개입한 것 아닐까?"

"천추세가가?"

성안이 불신에 찬 얼굴로 되물었다.

"그냥 그런 느낌이 드는군."

유덕강이 자신 없다는 말투로 고개를 흔들자 검수린이 입을 열었다.

"완전히 배제할 수는 없겠지만 아닐 가능성이 높습니다."

"어째서?"

"독안마가 세 분께 반기를 들면서 내세운 명분 중 하나가 천추세가를 끌어들인 인면호리를 제대로 쓸어버리지 못한 것에 대한 질책이었습니다. 당시 그런 명분에 흔들린 수하들이 상당했던 것도 사실이고요. 그런 상황에서 스스로 내세운 명분을 차버리면서까지 천추세가의 지원을 받을 생각은 하지 않을 것입니다. 또한 인면호리 쪽의 반응을 살펴본 독안마의 세력이 급격하게 커지는 것에 상당히 당황하는 눈치였습니다만 그것이 천추세가와 연관된 것은 아니라는 것은 확실했습니다."

"하긴 제놈들 편이라고 믿었던 놈들이 독안마 쪽으로 넘어가는 상황에서 천추세가가 개입했다는 것을 알았다면 병신이 아닌 이상 가만있지는 않았겠지."

성안이 코웃음을 쳤다.

"그럼 대체 어떤 자들이 독안마의 뒤를 봐주고 있다는 것이지? 몰락한 정무맹은 그럴 힘이 없고 설마 마황성이?"

질문을 던지던 유덕강은 누가 대답을 하기도 전에 고개를 흔들었다.

"마존 영감이 그런 잔재주를 피울 것 같지는 않고."

"그건 모르는 일입니다."

검수린이 고개를 흔들었다.

"무슨 뜻이냐?"

"장강이북을 석권한 천추세가가 혈사림까지 넘본다는 것은 마황성 입장에서도 결코 바람직한 결과가 아닙니다."

"천추세가를 막기 위해 독안마를 지원하는 것일 수도 있다는 말이냐?"

성안이 물었다.

"예. 가능성이 있다고 봅니다."

"그럴 수도 있겠다만 만약 그렇다면 하필 왜 가장 힘이 약했던 독안마라더냐, 우리가 아니고?"

"우리보다는 독안마가 다루기 쉽다는 의미겠지."

유덕강이 가소롭다는 듯 말했다.

"아니면 계속해서 이런 식의 혼란을 원하는 것이던가."

귀령사신의 말에 유덕강과 성안의 안색이 싹 변했다.

"놈들의 입장에선 혈사림이 천추세가에 먹히는 것은 분명 원하는 일이 아니겠지만 내분이 오래 지속되는 것은 오히려 바라는 일이라고도 할 수 있지. 그것이 우리가 아니라 독안마를 지원하는 진짜 이유가 아닐까?"

유덕강과 성안이 굳은 얼굴로 고개를 끄덕이며 동의를 했지만 검수린은 별다른 말이 없었다.

"너는 어찌 생각하느냐?"

"옳은 말씀이십니다. 다만……."

"무엇이냐?"

"독안마가 정말로 마황성의 지원을 받고 있다고 단정 짓는 것은 무리 같습니다. 추측일 뿐 사실로 확인된 바는 없습니다."

"그도 그렇다만 그나마 가능성이 가장 높은⋯⋯."

귀령사신의 말은 이어지지 않았다.

갑작스레 문이 열리며 새하얗게 질린 사내가 방 안으로 뛰어들었기 때문이었다.

"무슨 일이냐?"

사내가 자신이 데리고 있는 흑비조의 수하라는 것을 확인한 검수린이 벌떡 일어나며 물었다.

삼태상이 대화를 나누고 있는 방문을 걷어차며 뛰쳐들어올 사안이라면 필시 큰 사건이 터진 것이리라.

"혀, 혈룡승천대가, 혈룡승천대가 공격을 받고 있다고 합니다."

"뭣이랏! 혈룡승천대가?"

세 명의 태상마저 벌떡 일어났다.

"감히 어느 놈이 혈룡승천대를 공격하고 있단 말이냐?"

유덕강이 잡아먹을 듯 노려보며 물었다.

"그, 그건 아직 확인되지 않고 있습니다만 이미 치열한 교전이 펼쳐지고 있다고 합니다."

"인면호리 아니면 독안마겠지. 내 이 버러지 같은 놈들을 그냥! 밖에 누구 없느냐?"

화를 참지 못한 유덕강이 엄청난 살기를 뿌려대며 외치자 얼굴에 흉터가 가득한 남자가 모습을 드러냈다.

유덕강의 제자 촉천(蜀穿)이었다.

"찾으셨습니까, 사부님?"

이미 밖에서 상황이 어찌 돌아가는지 들었을 것임에도 촉천의 얼굴엔 다급함을 찾아볼 수가 없었다.

"준비해라. 모조리 쓸어버릴 것이다."

촉천은 곧바로 대답하지 않고 귀령사신과 성원을 바라보았다.

귀령사신과 성원이 고개를 끄덕이자 그제야 대답을 했다.

"알겠습니다."

유덕강의 입장에선 기분 나쁠 수 있는 행동이었지만 극도로 흥분한 와중에도 유덕강은 촉천의 행동을 문제 삼지 않았다.

촉천이 비록 자신의 제자이기는 하나 그가 수장으로 있는 호혈단(護血團)은 삼태상의 합의가 있어야만 움직이는 전투집단으로 단독으로 명을 내릴 수 있는 사람은 오직 림주뿐이기 때문이었다.

고개를 숙인 촉천이 느릿느릿 방을 빠져나갔다.

어찌 보면 답답하기 그지없었었지만 삼태상은 알고 있었
다.

그들이 처소를 나서는 순간, 어느새 그들 앞에 호혈단이
완벽한 준비를 마치고 기다리고 있으리라는 것을.

＊   ＊   ＊

"…까지가 조사한 결과입니다."

근 반 시진 동안 혈사림에 대한 모든 것을 설명하던 당
번(唐繁)이 말을 마치자 유대웅이 그를 치하했다.

"애썼다. 쉽지 않았을 텐데 고생 많았다."

"아닙니다. 하오문의 도움이 아니었으면 어림도 없었을
것입니다. 이만한 정보를 얻기까지 그들의 희생이 컸습니
다."

당번이 함께 혈사림을 조사한 하오문의 형완(衡婉)에게
공을 돌렸다.

"수고했네."

유대웅이 장사꾼 행색을 하고 있는 형완을 향해 사의를
표하자 형완은 당치도 않다는 듯 얼른 고개를 숙였다.

그런 형완을 보며 유대웅 곁에 서 있던 항평이 흐뭇한 미
소를 지었다.

가끔 호면을 쓰고 장강수로맹의 맹주 역을 대신하기도 했지만 거의 모든 시간을 유대웅이 전한 패왕칠검을 익히느라 폐관수련에 전념했던 항평은 오랜만의 외유에 상당히 들떠 있는 모습이었다.

"그러니까 현재까지의 힘을 균형을 보자면 가장 열세인 쪽이 인면호리란 말이군."

"그렇습니다. 며칠 전까지만 해도 혈사림 전체 전력의 삼할 정도를 차지하고 있었으나 지금은 상당한 전력이 이탈을 해서 이 할도 채 되지 않습니다."

당번이 재빨리 대답했다.

"이탈한 전력이 독안마에게로 이동을 한 것이고."

"예."

"그렇다고 해도 천추세가의 지원을 받고 있으니 결코 약하지는 않을 터. 곤란하게 되었군."

유대웅이 한숨을 내쉬었다.

"어찌해야 합니까, 형님. 원래라면 삼태상이 이끄는 세력을 지원해야 하는 것 아닙니까?"

항평이 물었다.

"그랬지. 그런데 그리 길지도 않은 시간 동안 상황이 이렇게 변할 줄은 생각도 못했다. 딱히 누구를 지원해야 할지 판단이 서질 않아."

"아예 독안마에게 힘을 실어주면 어떨까요? 이미 삼태상의 세력을 넘어섰다면 그쪽을 지원해서 삼태상 세력을 굴복시키고 천추세가를 몰아내는 것이 낫다고 봅니다."

"그렇게 간단히 판단할 문제가 아니다. 무엇보다 독안마가 급격히 세력을 확장한 것이 마음에 걸려. 일단은 조금 지켜보는 것으로 하자. 당번."

"예. 맹주님."

"천추세가의 움직임은 파악이 되고 있느냐?"

당번을 대신해 형완이 대답했다.

"기존의 인물들은 확인이 되었지만 새롭게 도착한 자들의 정체는 알 수가 없습니다."

"새롭게 도착한 자들? 새롭게 도착한 천추세가의 병력이 있단 말인가?"

유대웅이 깜짝 놀라 되물었다.

이곳에 도착하기 직전, 천추세가의 동태를 면밀히 감시하고 있는 하오문이나 운밀각에서 별다른 낌새가 없다고 전달 받았기 때문이었다.

"예. 며칠 전, 분명 일단의 무리가 이곳에 도착했습니다. 본문의 제자 한 명이 우연찮게 발견하였는데 어딘지 모르게 이상하다는 보고를 했습니다."

"뭐가 말이지?"

항평이 얼른 물었다.

"저마다 무기를 들고 있는 것을 보아 무림인이 틀림없는데 하는 행동들은 마치 관광을 온 사람처럼 웃고 떠들며 여유롭게 행동했다고 합니다. 그리고 무인 특유의 기질도 느끼지 못했고."

"놀랍군. 무공을 익힌 자들이 틀림없음에도 그런 기질을 느끼지 못했다라."

유대웅의 얼굴이 살짝 굳었다.

"그러게요. 이곳에서 활동하는 제자라면 혈사림에 속한 무인들을 많이 보아왔을 텐데요."

항평 역시 심각한 표정이었다.

"그들이 천추세가의 지원군이라면 생각보다 상황이 심각할 것 같다."

유대웅이 자신도 모르게 고개를 돌렸다.

조금 떨어진 곳에서 이석을 비롯하여 이십 명의 호천단과 그보다 조금 많은 수의 월광대원이 휴식을 취하고 있었다.

장청이 난리를 펴서 어쩔 수 없이 데리고 온 이들이었지만 잘한 일인지 판단이 서지 않았다. 어쩌면 그들 모두를 잃을 수도 있다는 생각이 들었다.

"저기 마 장로께서 오십니다."

항평이 좌측 숲에서 차분한 걸음걸이로 다가오는 마독을 가리키며 말했다.

마독 옆에 한 사내가 함께 걸어오고 있었는데 유대웅도 익히 아는 인물이었다.

"오랜만에 뵙습니다."

유대웅이 먼저 인사를 했다.

"예. 맹주님. 이렇게 무사하셔서 다행입니다."

은영문의 문주 임천이 정중히 예를 표했다.

"그저 운이 좋았지요."

자신을 구하기 위해 많은 이들이 목숨을 잃었음을 상기한 유대웅이 쓰게 웃었다.

"그나저나 이렇게 와 줘서 고맙습니다."

"아닙니다. 의뢰를 받았으니 당연한 일이지요."

임천의 말에 유대웅이 마독에게 고개를 돌렸다.

"지금껏 은영문이 받았던 최고의 의뢰비가 얼마였습니까?"

"글쎄요. 잘 기억이 나지 않습니다만."

마독이 고개를 갸웃거리자 유대웅이 호탕하게 소리쳤다.

"그 의뢰비의 다섯 배를 드리도록 하겠습니다."

"맹주님!"

마독이 깜짝 놀라 소리쳤다.

"괜찮습니다. 이번 일이 결코 쉬운 일도 아닌데다가 그동안 번번이 도움을 받고도 제대로 챙겨주지 못하지 않았습니까? 이참에 제대로 인사를 하고 싶습니다."

"하지만……."

"제 뜻대로 하게 해주십시오."

유대웅이 간곡하게 부탁을 하자 마독도 어쩔 수 없다는 듯 허락을 했다.

"그리하겠습니다. 맹주께 감사드려라."

마독의 말에 임천이 다시금 허리를 숙였다.

"감사합니다, 맹주님."

"별말씀을."

가볍게 손사래를 친 유대웅이 화제를 바꾸려는 찰나였다.

뒤쪽으로 조금 물러나서 수하의 보고를 듣던 형안의 얼굴이 확 변했다.

"매, 맹주님."

"무슨 일입니까?"

유대웅은 형안의 다급한 음성에 뭔가 일이 터졌음을 직감했다.

"싸움이 일어났습니다."

"누가 누구와 싸우는 겁니까?"

"혈룡승천대가 공격을 받고 있다고는 하는데 그 상대는 아직……."

유대웅이 고개를 돌려 물었다.

"혈룡승천대라면 삼태상 쪽이라고 했던가?"

당번이 그 즉시 대답했다.

"그렇습니다. 림주의 직계로 삼태상을 지지하는 세력입니다."

"그렇군. 누가 공격을 하는지는 일단 가보며 알겠지. 안내해라."

"예. 맹주님."

당번이 빠르게 앞으로 이동했다.

유대웅과 마독 등이 그 뒤를 따르자 대기하고 있던 호천단과 월광대원들 또한 이동을 시작했다.

문득 걸음을 멈춘 유대웅이 월광대를 이끌고 있는 양곽에게 손짓했다.

"월광대는 이곳에서 대기하도록."

"존명!"

잠시 멈칫하는 듯했던 양곽은 토를 달지 않고 명을 따랐다.

*　　　*　　　*

"나는 분명 경고했다. 그리고 기회도 주었다."

최근에 독안마에 힘을 실어준 귀문도(鬼門刀)가 귀신의 형상을 가득 새겨 넣은 칼을 치켜들며 말했다.

기세에 눌린 혈룡승천대 대주 동방립이 멈칫거리자 이자웅이 가소롭다는 듯 웃으며 나섰다.

"기회? 입은 더럽게 찢어졌어도 말은 바로 해야지. 기회를 준 것은 네놈들이 아니라 우리지."

이자웅이 진득한 살기를 뿜어내며 귀문도를, 그리고 그가 이끌고 온 병력을 노려보았다.

귀문도가 한숨을 내쉬며 고개를 흔들었다.

"어쩔 수 없군. 노부를 원망하지 마라."

"원망? 영감이 독안마에게 빌붙더니 뭔가 착각을 하는 것 같단 말이지. 어디서 원망이라는 말을 들먹여!"

버럭 소리를 지른 이자웅이 번개같이 손을 뻗었다.

휘우웅!

손에서 뻗어 나온 장력이 맹렬한 기세로 귀문도를 덮쳐 갔다.

이미 만반의 준비를 하고 있던 귀문도가 칼에 내력을 주입하자 귀곡성과 비슷한 울림이 주변으로 퍼져 나갔다.

"제법!"

차갑게 비웃은 이자웅이 공격을 멈추고 빙살음혈기를 극성으로 끌어올렸다.

그의 주변으로 북풍한설보다 더욱 차가운 한파가 몰아닥쳤다.

이자웅의 실력을 누구보다 잘 알고 있는 귀문도는 긴장한 모습이 역력했다.

"뒈져랏!"

욕설과 함께 이자웅의 손에서 은빛 기류가 흘러나와 귀문도를 노렸다.

"타핫!"

힘찬 외침과 함께 귀문도의 칼이 느릿느릿 움직이며 이자웅이 발출한 빙살지기에 맞섰다.

놀랍게도 귀문도의 칼에서 뿜어져 나온 기운이 빙살지기를 단숨에 소멸시키더니 눈 깜짝할 사이에 이자웅에게 짓쳐 들었다.

"협!"

이자웅의 얼굴에 다급함이 묻어나왔다.

상대의 공격이 빠른 것은 아니었다.

하지만 묵직했다.

보는 것만으로 숨이 턱턱 막힐 정도로 힘이 넘쳤다.

단 한 번의 공격에 모든 것을 걸겠다는 듯 혼신의 힘을 다하는 귀문도의 기세는 지금껏 경험해 보지 못한 것이었다.

잠시 당황은 했어도 엄밀히 말해 이자웅은 귀문도보다 한 수 위의 실력을 가진 고수였다.

잠깐의 방심으로 상대에게 기선을 빼앗긴 지금 그는 무리해서 맞서거나 역공을 펼칠 생각을 접고 침착하게 내력을 운기하며 연신 뒷걸음질을 쳤다. 그리곤 음혈장으로 상대의 공격을 조심스럽게 밀어냈다.

그렇게 공방이 몇 차례 오가고 맹렬히 공격을 퍼붓다 잠시 잠깐 틈을 보인 귀문도.

그 틈을 놓치지 않은 이자웅이 음혈장을 앞세워 반격을 준비하였지만 그 순간,

귀문도는 단 한 번의 도약으로 삼 장여의 거리를 좁히며 이자웅의 좌측으로 파고들었다.

"광명참(光明斬)!"

귀문도의 패도적인 칼이 이자웅의 목을 노리며 사선으로 그어졌다.

상대의 함정에 빠진 이자웅이 비연탄금(飛燕彈琴)이라는 보법을 이용해 공격을 회피하려 했으나 그게 말처럼 쉽지가 않았다.

계략까지 써서 얻은 절호의 기회를 결코 놓치지 않겠다

는 귀문도는 온몸을 거칠게 흔들며 물러나는 이자웅을 무섭게 뒤쫓으며 끊임없이 공격을 가했다.

"보자보자 하니까 나를 너무 우습게 보는군!"

갑자기 움직임을 멈춘 이자웅이 목을 노리며 날아드는 칼을 향해 손을 뻗었다.

그러자 귀문도가 오히려 당황했다.

혹여 무슨 암계라도 꾸미는 것은 아닌지 의심한 그가 재빨리 칼의 방향을 바꿨다.

목으로 향했던 칼이 어느새 옆구리를 파고들었다.

이자웅이 미처 반응을 하지 못하는 것을 보며 귀문도의 얼굴에 희색이 돌았다.

하지만 허리를 양단해야 할, 최소한 상대에게 치명적인 부상을 안겨줘야 할 칼이 힘없이 튕겨져 나오는 것을 보며 그의 눈이 경악으로 물들었다.

귀문도를 더욱 놀라게 한 것은 새하얗게 빛나는 이자웅의 두 손이었다.

"비, 한빙마수(寒氷魔手)?"

"제법이군. 한빙마수를 알아보다니."

"어, 어떻게 네가 한빙마수를!"

"누구나 비장의 한수는 숨기고 있는 법이지."

차갑게 웃은 이자웅이 손을 뻗었다.

손끝이 귀문도에게 이르기도 전, 섬뜩한 냉기를 머금은 기류가 귀문도의 몸을 옭아맸다.

"크헉!"

귀문도의 입에서 고통스런 비명이 흘러나왔다.

간신히 몸을 틀고 칼을 들어 막기는 했지만 완벽하지 않았다.

한빙마수와 정면으로 맞선 칼날이 산산조각이 나버렸고 냉기류가 스쳐 지나간 왼쪽 팔에선 감각이 없었다.

황급히 내력을 쏟아부어 팔을 타고 올라오는 기운을 차단시켰지만 이미 냉기에 노출된 팔은 빠르게 괴사가 진행되고 있었다.

팔 하나로 만족하지 못한 이자웅이 귀문도의 숨통을 끊어놓기 위해 접근할 때 그의 뒤편에서 예리한 파공성이 들려왔다.

이자웅은 즉시 몸을 날려 위험에서 벗어났다.

두 명의 중년인이 귀문도를 향해 달려왔다.

"괜찮으십니까?"

그들이 이번에 새롭게 합류한 사무점과 방연(芳演)임을 확인한 귀문도가 안도의 한숨을 내쉬며 고개를 끄덕였다.

"조심하게. 한빙마수를 사용하고 있네."

"하, 한빙마수라고요?"

무덤덤한 방연과는 달리 한빙마수가 무엇인지 알고 있던 사무점이 깜짝 놀라 되물었다.

"틀림없네. 하니 조심해야 할 것이네."

귀문도가 거듭 경고를 하였으나 방연은 코웃음만 쳤다.

"한빙인지 지랄인지 모르겠지만 어차피 머리통만 날려버리면 그만이오."

방연이 손에 든 철퇴를 빙빙 돌리며 소리쳤다.

"홋, 누구의 머리통이 날아가는지 두고 보면 알게 되겠지."

입가에 조소를 띤 이자웅의 손이 새하얗게 빛나기 시작했다.

"으아아악!"

"크헉!"

검붉은 선혈이 사방으로 뿌려지고 온갖 비명이 난무했다.

병장기가 부딪치며 만들어내는 소음들과 상대를 죽이기 위해 토해내는 거친 함성, 욕설이 전장을 가득 채웠다.

처음, 기습적으로 치고 들어온 검혈단의 공격은 성공적이었다.

혈룡승천대가 머물고 있는 용마장의 정문을 단숨에 뚫어 버리고 혈룡승천대가 미처 준비를 갖추기도 전에 파상공세를 펼쳤다.

혈사림 최고의 정예라는 혈룡승천대는 검혈단에 비해 개개인의 실력이 훨씬 앞서 있었지만 갑자기 들이닥친 공격에 당황하여 초반엔 상당한 인원이 목숨을 잃고 말았다.

하지만 동방립의 냉철한 지휘와 갑작스레 동료를 잃게 된 대원들의 분노가 폭발하며 기습 공격의 효과는 금방 사라지고 말았다.

이후에 벌어지는 싸움은 그야말로 혼전.

누가 아군인지 적군인지도 제대로 구별하지 못할 정도로 서로 얽히며 치열한 싸움이 벌어지면 일각도 채 되지 않아 족히 칠팔십은 넘는 인원이 목숨을 잃고 쓰러졌다.

"대주."

왼쪽 관자놀이에서 턱까지 큰 검상을 당한 사내, 새롭게 부대주가 된 편무무(片武舞)가 자신에게 덤빈 검혈단원의 심장을 갈라 버린 동방립에게 달려왔다.

동방립 주변엔 그를 공격한 검혈단원들의 주검이 즐비했는데 많은 인원을 상대하느라 지쳤는지 그 또한 지친 기색이 역력했다.

"적의 숫자가 너무 많아. 검혈단뿐만 아니라 또 다른 병력도 대기하고 있는 것 같다."

동방립의 눈동자가 크게 흔들렸다.

"확실해?"

"그래. 이 상태로 가다간 전멸이야. 대책을 세워야 돼."

"제길! 이런 상황에서 대책이 어디 있어? 네 말대로 다른 놈들까지 있다면 이미 완벽하게 포위당한 상태란 말이잖아. 그렇다면 답은 하나지. 목숨을 걸고 우리의 의지를 놈들에게 보여주는 것뿐."

결연히 말했으나 그래 봤자 돌아오는 것은 허무한 죽음뿐이라는 것을 동방립은 알고 있었다.

그 짧은 순간에 대원들의 수는 이미 절반 이하로 줄어 있었다.

물론 두세 배가 넘는 적들을 주살하기는 하였으나 병력 차이가 너무 심했다.

"이쯤하면 혈룡승천대의 자존심은 충분히 세웠어. 지금은 물러나서 훗날을 도모해야 할 때야."

"물러나? 어디로? 퇴로까지 끊긴 상황 같은데."

"그래도 일단 시도는 해봐야지. 살아남은 대원들의 힘을 한곳으로 집중하면 분명 뚫을 수 있다. 내가 선봉에 설 테니까 대주가 후미를 맡으며 지원을 해줘."

"차라리 내가 길을 뚫는 것이……."

편무무가 말을 잘랐다.

"아니. 네가 움직이면 우리의 의도가 금방 간파될 거다. 내가 움직이는데 가능성이 높아."

잠시 망설이던 동방립이 어쩔 수 없이 고개를 끄덕였다.

"알았다. 네 말대로 하자. 그런데 우리는 그렇다고 쳐도 이 장로님은 어쩌지?"

동방립이 사무점 등의 합공을 받으며 치열한 싸움을 벌이고 있는 이자웅을 바라보며 물었다.

"강하신 분이야. 쉽게 당하시지는 않을 거다. 그리고 지금쯤이면 삼태상께서도 지원군을 보내셨을 테니까 일단 포위망을 뚫고 장로님을 구할 방법을 생각해 보자."

"알았다. 뒤는 내가 확실하게 책임질 테니까 제대로 뚫어봐."

"그래."

동방립과 편무무가 서로의 무기를 부딪치며 전의를 다졌다.

"독안마 측에서 공격을 한 것이라고?"

전장으로 달려가던 와중에도 유대웅은 새로운 보고를 계속 접하고 있었는데 전장에 거의 근접해서야 비로소 혈룡승천대를 공격한 자들의 정체를 파악하게 되었다.

"예, 혈룡승천대를 공격한 자들이 최근에 독안마로 넘어간 검혈단임이 확인되었습니다. 그리고 검혈단 외에도 꽤나 많은 병력이 동원됐다고 합니다."

당번의 보고를 들은 유대웅이 고개를 끄떡였다.

"급격하게 세력을 확대했다고 하더니만 자신감이 넘치는군. 전황은 어때?"

"아무래도 혈룡승천대가 밀리는 것 같습니다."

"혈룡승천대가 혈사림에서 최고라고 하지 않았던가?"

항평이 고개를 돌려 물었다.

형안이 공손이 대답했다.

"그렇긴 합니다만 기습적인 공격인데다가 검혈단 또한 만만치 않은 자들입니다. 숫자도 압도적으로 많고요."

"혈룡승천대가 이대로 무너지면 전체적인 판도는 어떻게 되는 것인가?"

유대웅이 다시 물었다.

"삼태상의 가장 강력한 무기는 단연 혈룡승천대였습니다. 만약 혈룡승천대가 무너지면 독안마의 세력이 인면호리와 삼태상을 합친 것 이상으로 커지게 된다고 보시면 됩니다."

"흐음."

유대웅이 잠시 생각에 잠기는 듯하자 항평이 조심스레 의견을 말했다.

"편하게 가려면 역시 독안마 쪽에 확실히 힘을 실어주는 것이 어떨까요? 그리되면 천추세가도 어쩌지 못할 것 같은데요."

"그렇긴 하지만 누군가 그들을 지원하고 있다는 것이, 그들의 정체를 파악하지 못하고 있다는 것이 여전히 마음에 걸려. 어찌 생각하십니까, 장로님."

유대웅이 마독에게 조언을 구했다.

"신중해서 나쁠 것은 없다고 봅니다. 막말로 독안마를 지원하고 있는 쪽이 천추세가라면 그야말로 큰 문제일 테니까요."

"설마요. 천추세가는 인면호리 쪽이 아닙니까?"

항평이 믿을 수 없다는 표정으로 되물었다.

"그런 가정도 가능하다는 것이다. 자칫하면 우리가 위험에 빠질 수 있으니 모든 변수를 생각해야 하니까."

"제 생각도 장로님과 같습니다. 일단 전장에 도착할 때까지 생각을 좀 더 해보기로 하죠."

의견을 정리한 유대웅 일행은 조금 전보다 더 빠른 속도로 전장을 향해 달려가기 시작했다.

　그리고 그들이 전장에 도착했을 때 싸움은 그야말로 절
정으로 치닫고 있었다.

第三十九章
적(敵)의 적(敵)

"후욱! 후욱!"

이자웅이 어깨를 들썩이며 거친 숨결을 내뱉었다.

숨을 들이쉴 때마다 부상당한 부위에서 피가 흘러나왔지만 지혈할 여유 따위는 없었다.

그의 시선은 자신을 포위하고 있는 적들에게 고정되어 있었다.

싸움이 시작된 지 어느새 일각, 결코 긴 시간이 아니었으나 차륜전에 시달린 이자웅은 너무도 긴 시간이었다.

화려했던 자색 장삼은 피로 덮여 더욱 진해졌고 그나마

도 곳곳이 찢어져 흉물스럽게 펄럭였다.

곱게 빗어 넘긴 머리카락은 봉두난발이 되어 바람에 흩날리며 시야를 가렸다.

오른쪽 어깨와 왼쪽 허리의 검상은 목숨을 걱정해야 할 정도는 아니어도 충분히 심각했으며 부러진 칼날이 박혀 있는 허벅지의 부상은 그의 움직임을 굼뜨게 만들었다.

이자웅이 유일하게 믿을 수 있는 한빙마수의 위력 또한 약해진 기색이 역력했는데 위력이 큰 만큼 막대한 내력을 필요로 했기 때문이었다.

하지만 이자웅을 상대하는 자들의 상태는 또한 결코 좋지는 않았다.

첫 대결에서 이미 한 팔을 잃은 귀문도는 물론이고 이어 합공을 한 사무점과 방연도 몰골이 말이 아니었다.

특히 이자웅을 쓰러뜨림으로써 자신의 입지를 다지려는 생각에 누구보다 의욕을 가지고 덤벼들었던, 스스로의 무공에 상당한 자신감을 지녔던 방연은 들고 있던 철퇴도 잃어버리고 양팔이 뭉개져 버렸다.

만약 절체절명의 위기를 본 귀문도가 칼을 던져 그를 구하지 않았다면 양팔이 아니라 목이 떨어져 나갔을 터. 겨우 목숨을 연명한 방연은 망연자실한 얼굴로 이자웅을 응시하고 있었다.

원래대로라면 그들은 이자웅에게 목숨을 잃었어야 했으나 뒤늦게 도착한 장로 류호(柳虎)가 싸움에 끼어든 탓에 겨우 목숨을 구할 수 있었다.

귀문도보다 분명 강한 실력을 지닌 류호는 이자웅에게도 상당한 부담이었다.

류호가 본격적으로 끼어들고 귀문도와 사무점이 다시 힘을 내서 공격에 가담하자 이자웅은 몇 번이고 쓰러질 뻔한 위기를 맞이했다.

그럼에도 불구하고 이자웅은 이자웅이었다.

류호의 쾌검에 온몸이 난자되도록 부상을 당하고, 한쪽 팔을 잃고 악에 받친 뇌문도의 파괴적인 공격과 사무점의 날카로운 합공에도 그는 무너지지 않았다.

오히려 공격하는 쪽이 질릴 정도로 독한 모습이었다.

"과연 철혈독심. 대단하다."

거칠게 숨을 몰아쉬는 이자웅을 보며 류호가 진심으로 감탄을 했다.

"하지만 여기까지다."

승리를 단언하는 류호의 모습에 이자웅은 지그시 눈을 감았다.

류호의 말이 아니더라도 그 역시 의식하고 있었다.

내력은 이미 바닥을 찍고 있었고 온몸을 덮은 부상 역시 한계점에 이르고 있었다.

'그렇다고 그냥 끝낼 수는 없지.'

이자웅이 마지막 남은 기를 끌어모으자 원래의 색을 찾아가던 양손이 다시금 새하얗게 변했다.

"죽어랏!"

사무점이 악에 받친 외침과 함께 검을 찔렀다.

귀문도의 칼도 날카로운 파공성을 내며 이자웅의 머리 위로 떨어져 내렸다.

한데 바로 그때였다.

귀문도와 사무점이 이자웅의 시선을 빼앗고 류호의 쾌검이 이자웅의 가슴으로 짓쳐 드는 찰나, 류호와 이자웅의 사이로 창 하나가 날아들었다.

난데없이 등장한 창에 위협을 느낀 류호가 황급히 검을 거두고 물러났다.

꽝!

섬전과 같은 속도로 날아든 창이 땅에 박히며 뽀얗게 먼지를 피워 올렸다.

동시에 전장에 뛰어든 유대웅이 한빙마수에 밀려난 사무점의 목을 그대로 날려 버렸다.

"이, 이게!"

당황한 귀문도가 멈칫거리는 사이 기회를 놓치지 않은

이자웅의 손이 그의 가슴을 파고들었다.

"이, 이럴 수는 없는… 끄아아악!"

외마디 비명을 지르며 쓰러지는 귀문도.

한빙마수에 당한 그의 가슴이 순식간에 괴사를 시작했다.

그 한 수를 위해 남아 있던 모든 힘을 쏟아부은 이자웅도 그 자리에 주저앉았다.

"네놈은 누구냐?"

류호가 잔뜩 긴장한 얼굴로 물었다.

유대웅은 그에겐 시선조차 돌리지 않고 이자웅을 향해 걸었다.

"네놈이 누구……."

류호의 말은 이어지지 않았다.

그의 앞에 유대웅만큼이나 큰 덩치를 자랑한 항평이 싱글거리며 나타났기 때문이었다.

"형님이 누군지는 영감이 알 필요 없지. 뭐, 굳이 알고 싶다면 나를 쓰러뜨려 봐. 그러면 가르쳐 주지."

"애송이 따위가 감히! 오냐. 내 친히 네놈의 배를 갈라 그부은 간덩이를 씹어주마."

화가 머리끝까지 치민 류호가 항평을 향해 섬뜩한 살기를 뿜어댔다.

"최선을 다해 보라고 영감."

패왕칠검, 아니, 뇌룡검법을 극성으로 익힌 후, 처음으로 적과 마주한 항평은 짜릿한 긴장감에 온몸을 부르르 떨고 있었다.

항평과 류호가 막 충돌을 하는 시점에 유대웅이 쓰러진 이자웅 앞에서 쪼그리고 앉았다.

힘겹게 눈을 뜬 이자웅이 말했다.

"고맙군. 절묘한 순간이었다. 태상께서 보내신 것이냐?"

"태상은 무슨 얼어 죽을 태상."

유대웅의 말투는 싸늘했다.

순간, 흠칫 놀란 이자웅이 상대를 확인하려 하였으나 햇빛이 유대웅의 뒤로 쏟아지고 있어서 얼굴을 알아보기가 힘들었다.

이자웅의 얼굴에 당황스러움이 묻어나왔다.

자신의 목숨을 구해줬으니 적은 아닌 것이 분명한데 태상이 보낸 것도 아니고 목소리엔 적의가 가득했다.

"누, 누구냐?"

이자웅이 긴장된 음성으로 물었다.

"유.대.웅."

유대웅이 한자 한자 힘주어서 대답했다.

"유… 대웅?"

이자웅이 곤혹스런 표정으로 고개를 갸웃거리다 번쩍 눈을 치켜떴다.

"유대웅이라면 자, 장강수로맹의 맹주?"

"맞다. 어릴 적 당신이 준 선물에 죽을 고생을 한 바로 그 유대웅이다."

"……."

이자웅은 대답을 할 수가 없었다.

그도 유대웅이 어릴 적 자신의 손에 목숨을 잃을 뻔했다는 것을 기억하고 있었다.

단순히 기억력이 좋거나 사소한 목숨에도 신경을 써서 그런 것은 아니었다.

이자웅은 어린아이의 죽음 따위에 신경을 쓰는 위인이 아니었다.

자리를 뜨는 순간, 머릿속에서 한 소년의 목숨을 빼앗을 만한 음기를 몸속에 심어놓았다는 사실 자체가 사라질 정도로 독랄한 마음을 지닌 인물이었다.

그런 이자웅이 유대웅이란 이름을 기억하게 된 것은 무림에 장강수로맹이란 이름이 급부상하고 더불어 호면패왕이라는 고수의 등장 때문이었다.

장강수로맹과 호면패왕의 조사를 시작한 흑비조는 호면패왕이 과거 일심맹의 맹주 유섬강의 아들 유대웅이라는 사실과 아비의 대를 이어 일심맹을, 그리고 결국엔 장강수로맹을 일통했다는 것을 확인했다.

이자웅은 바로 그때 자신이 손을 쓴 아이가 목숨을 잃지 않고 살아남아 장강을 일통했다는 것을 알게 된 것이다.

"이제 기억이 나는 모양이구려."

유대웅이 얼굴에 환하다 못해 섬뜩한 미소가 지어졌다.

"어, 어째서 나를 구한 것이냐?"

이자웅이 떨리는 음성으로 물었다.

따지고 보면 원수나 마찬가지가 아니던가.

이건 여우를 피하려다 호랑이를 만난 격이었다.

"나도 내가 이런 짓을 할 줄은 정말 몰랐소."

코웃음을 치는 유대웅의 뇌리에 조금 전의 기억이 스쳐 지나갔다.

"대단한 실력자입니다."

숲 속에 몸을 숨긴 채 싸움을 지켜보던 항평이 이자웅의 움직임을 보며 감탄을 아끼지 않았다.

자신과 버금가는 고수들 셋을 상대로 한 치도 밀리지 않고 오히려 압도하는 모습은 누가 봐도 탄성을 자아내게 할 만했다.

"그래. 확실히 대단하긴 하군."

고개를 끄덕이는 유대웅의 음성에서 냉기가 뚝뚝 떨어졌다.

"게다가 세월이 꽤 흘렀는데도 그때의 모습에서 조금도 변하지 않았군."

"저자를 만난 적이 있습니까?"

항평이 놀라 물었다.

"있었다. 절대로 잊을 수 없는 만남이었지."

유대웅의 몸에 음살빙혈기를 선물한 이자웅.

따지고 보면 전화위복이 된 셈이었지만 매일같이 죽음과 싸워야 했던 당시의 고통은 지금도 잊지 못할 만큼 끔찍한 것이었다.

"이것으로 결정됐군."

유대웅이 피식 웃으며 말했다.

상황이 애매했지만 이자웅을 돕고 싶은 마음은 눈곱만큼도 없었다.

"싸움에 굳이 끼어들 필요도 없겠어."

"하면 독안마 쪽으로 결정하신 겁니까?"

항평이 반색을 하며 물었다.

"그래. 하지만 나는 잠시 개입을 해야겠다.

"예?"

항평이 멍한 얼굴로 바라보자 유대웅이 막 싸움에 끼어

든 류호와 치열한 공방을 펼치는 이자웅을 노려보며 말했다.

"저자에겐 갚아야 할 것이 많아. 이대로 보낼 수야 없지."

싸늘히 웃은 유대웅이 전장으로 걸음을 옮기려는 찰나 잠시 자리를 비웠던 형안이 창백해진 얼굴로 달려왔다.

"매, 맹주님!"

유대웅이 고개를 돌렸다.

"무슨 일이야?"

항평이 형안의 얼굴에 담긴 심각함을 파악하고 얼른 물었다.

"독안마의 배후가 파악되었습니다."

"독안마의? 누구냐, 놈들의 배후가?"

"천추세가였습니다."

항평의 몸이 그대로 굳었다.

"마, 말도 안 돼!"

"자세히 말해보게."

유대웅이 딱딱히 굳은 얼굴로 물었다.

"맹주님께서도 아시다시피 근래 들어 독안마 측에서 엄청난 양의 돈을 풀었습니다. 그 돈으로 장로들과 사십사군을 매수하고 또 각 전투단의 수뇌들도 매수를 했지요."

"그것이 독안마의 세력이 급격히 커진 이유였지. 문제는 바로 그 자금줄. 한데 그 자금줄이 천추세가라니! 확실한 증거는 찾았나?"

"예. 찾았습니다. 독안마의 자금줄을 관장하는 사람은 이종(李琮)이라고 사십사군 중 한 명이었습니다. 한데 그가 조금 전, 인면호리의 배후에 있는 것으로 파악된 천추세가의 인물과 만나는 것을 확인했습니다. 이종이 탄 마차에 꽤나 큰 상자가 실렸다는군요. 안의 내용물은 파악하지 못했지만 황금이 아닐까 예상하고 있습니다."

"확실한가?"

"예. 확실합니다. 제가 데리고 있는 수하 중 최고만을 골라 이종을 감시토록 했습니다. 그중 둘이 목숨을 잃고 얻어 낸 정보입니다."

형안의 음성이 침울하게 변하자 유대웅 역시 그들의 죽음을 진심으로 안타까워했다.

"당번."

"예. 맹주님"

"하오문에서 따로 챙기긴 하겠지만 결국 우리를 돕다가 그리된 친구다. 가족들을 찾아 사의를 표하고 확실히 보상을 할 수도 있도록 해라."

"존명!"

유대웅의 명에 형안은 물론이고 주변에 있던 하오문의 정보원들이 감격에 찬 얼굴로 유대웅을 바라보았다.

"결국 장로님의 예측이 맞았군요."

항평이 마독의 판단력에 혀를 내둘렀다.

"단지 그럴 가능성도 완전히 배제할 수 없다는 생각이었다. 솔직히 노부도 예상치 못한 일이다."

"그런데 천추세가에서 어떤 의도로 독안마를 지원한 것일까요?"

항평의 물음에 유대웅이 전장을 가리켰다.

"저런 의도겠지."

"예?"

항평이 고개를 돌리며 되물었다.

"인면호리가 너무 조용한 것이 어째 이상하다 싶었어. 그 자들도 알고 있었던 것이야. 독안마가 세력을 키우는 뒤에는 천추세가 있다는 것을. 그랬기에 자신의 세력이 독안마에 넘어가도 움직이지 않은 것이겠지. 세력을 키운 독안마는 혈사림의 차지하기 위해 금방이라도 지리멸렬할 것처럼 보이는 인면호리 대신 나름 굳건한 힘을 자랑하는 삼태상의 세력을 우선적으로 친다. 아마 그 와중에 독안마 쪽으로 간 인면호리의 병력은 뒤로 빠질 것이고."

"아!"

항평이 탄성을 내뱉었다.

"혈사림주에 대한 충성심이 남다른 삼태상의 세력은 그들의 목숨이 다하는 순간까지 저항을 멈추지 않을 것이다. 그만큼 독안마의 세력도 타격을 입겠지. 그리고 양측의 피해가 절정에 이르렀을 때 인면호리가, 아니, 천추세가가 움직인다."

"하면 우리가 도와야 할 사람은 독안마가 아니라⋯⋯."

"바로 저자라는 소리지. 빌어먹을!"

유대웅이 이자웅을 가리키며 욕설을 내뱉었다.

때마침 위기에 빠진 이자웅을 본 유대웅이 어깨에 걸치고 있던 초진창을 냅다 던지곤 몸을 날렸다.

다른 사람이 아닌 자신이 직접 요절을 내려던 입장에서 오히려 구해야 하는, 유대웅의 입장에선 실로 어처구니없는 상황이 벌어진 것이었다.

"그 심정을 아냐고!"

분노에 찬 유대웅이 공격이 검혈단에게 쏟아졌다.

혈룡승천대를 맹렬히 공격하며 끝장을 내려던 검혈단은 갑자기 난입하여 미친 듯이 살수를 뿌려대는 유대웅으로 인해 큰 혼란에 빠져버렸다.

좀처럼 보기 힘든 거대한 몸뚱이에 거대한 검을 휘두르

는 유대웅의 모습은 공포 그 자체였다.

마냥 물러날 수 없었던 단원 몇몇이 용기를 내 대항을 해 보았지만 단 한 번의 공격도 막지 못하고 모조리 숨통이 끊어져 처참하게 널브러졌다.

"괴, 괴물!"

"도, 도망쳐!"

공포에 질린 수하들이 뒷걸음질 치기 시작하자 사무연이 가장 먼저 움직인 자의 목을 직접 베어버리며 악을 썼다.

"물러나는 놈은 나한테 죽는다. 공격해라. 두려워할 것 없다. 그저 덩치만 큰 놈일 뿐이다!"

하지만 너무도 압도적인 힘, 한번 전염된 공포감은 그들로 하여금 사무연의 명을 듣지 않고 그대로 도주하게 만들었다.

사무연이 아무리 필사적으로 막으려고 해도 소용없었다.

이를 놓치지 않고 달려든 혈룡승천대의 공격이 더해지자 금방이라도 승리를 쟁취할 것 같았던 검혈단은 순식간에 무너지고 말았다.

게다가 삼태상이 보낸 병력까지 도착했다는 소식까지 전해지자 검혈단을 지원하기 위해 움직이려던 병력들도 서서히 퇴각하기 시작했다.

"망할!"

땅에 깊이 박힌 초진창을 꺼내는 유대웅의 표정은 과히 좋지 않았다.

싸움에 개입하여 혈룡승천대를 구했고 큰 승리를 얻어냈지만 애당초 그가 의도한 방향이 아니었기 때문이었다.

"이겼습니다, 형님."

류호와의 대결에서 승리를 거둔 항평이 기분 좋은 웃음을 터뜨리며 다가왔다.

항평은 상대가 혈사림의 장로였음에도 그다지 힘들이지 않고 승리를 얻은 것에 무척이나 고무된 상태였다.

"싸움을 끝낸 마지막 공격은 좋았지만 중간 중간 쓸데없이 힘을 낭비하고 있다. 패왕칠검이 패도적인 검법이기는 하나 무작정 힘으로만 몰아치는 검법은 아니야. 강과 유를 제대로 조화시키지 못하면 반쪽짜리 검법이 될 거다."

검혈단을 상대하는 바쁜 와중에 언제 본 것인지 유대웅은 항평의 검에 날카로운 지적을 했다.

승리의 기쁨에 도취되어 있던 항평의 얼굴에서 순식간에 웃음이 사라졌다.

"죄, 죄송합니다."

"죄송할 건 없고. 더 정진해."

"예. 형님."

항평이 풀이 죽은 목소리로 대답하자 곁에서 지켜보던

마독이 그의 어깨를 가볍게 두드리며 말했다.

"그래도 멋진 실력이었다. 상대가 다른 사람도 아니고 혈사림의 장로였는데 말이야. 충분히 자부심을 가질 만해."

"그, 그렇죠?"

언제 기가 죽었냐는 듯 고개를 바싹 쳐든 항평의 얼굴엔 자신감이 가득했다.

*   *   *

"아쉽군. 혈룡승천대가 끝장이 났으면 자신감을 가진 독안마가 더욱 미쳐 날뛰었을 텐데 말이야."

천추세가의 장로 인허의 얼굴에 아쉬움이 가득했다.

보고를 하는 효엄(曉儼) 또한 안타까워하는 빛이 역력했다.

하지만 홀로 술잔을 들고 있는 중년인은 아예 신경조차 쓰지 않는 태도였다.

"독안마는 어찌하고 있다더냐?"

"조금 당황하고 있는 듯합니다. 혈룡승천대가 강력하기는 그들이 동원한 검혈단은 혈룡승천대 인원의 두 배가 넘고 그것도 부족해 예비 병력까지 동원했음에도 그렇게 박살이 날 줄은 상상도 못한 것 같습니다."

"당연하지. 누가 그런 결과는 예측했겠느냐? 게다가 검혈단뿐만 아니라 사문점과 방연, 귀문도, 그리고 류호까지 목숨을 잃었으니 상당한 타격을 입었음에야. 하면 전체적인 세력 판도를 따지면……."

인허가 잠시 생각에 잠길 때 홀로 자작하던 중년인이 지나가듯 말했다.

"생각할게 뭐 있소. 이미 끝난 싸움이지."

"이놈이! 네놈이 뭘 안다고 나서?"

인허가 발끈하여 소리쳤다.

"쯧쯧, 성격하고는. 그만큼 나이가 드셨으면 좀 부드러워질 수 없소?"

"네놈이나 제대로 해라. 어찌 말투며 하는 짓이 꼭 동네 뒷골목 우두머리 같지 않느냐?"

"흐흐흐! 그거야 천성이니 어쩔 수 없는 것이오."

천추세가의 장로와도 스스럼없이 농담을 주고받을 수 있는 중년인의 이름은 한경.

천추세가에서 최강을 자랑하는 군림대의 대주가 바로 그였다.

"한데 뭐가 끝난 싸움이란 말이냐? 비록 검혈단이 무너졌다고 해도 혈룡승천대도 꽤 큰 피해를 보았다. 게다가 독안마의 세력은 나날이……."

"그래 봤자 어차피 그놈이 그놈이오. 어째 영감은 가장 중요한 사실을 잊고 있는 것 같소."

"뭐를 잊었다는 말이냐?"

"전장에 갑자기 난입하여 싸움을 끝낸 놈들의 정체 말이오."

"그놈들이 어쨌단 말이냐? 생각보다 삼태상이 빨리 움직였을 뿐이다."

인허가 버럭 소리를 질렀다.

"쯧쯧, 한심하기는."

혀를 찬 한경이 효엄에게 고개를 돌렸다.

"독안마 쪽에선 놈들의 정체를 뭐라고 떠들지?"

"놈들도 파악을 못하는 것 같았습니다만 일단 삼태상이⋯⋯."

"이놈이나 저놈이나 생각하는 것 하고는."

한심하다는 듯 바라본 한경이 다시 물었다.

"취운각의 요원 중에 싸움을 지켜본 녀석들이 있지?"

"예."

"그놈들은 뭐라고 하는데?"

"비슷합니다. 정체를 알 수가 없다고."

"그래서 네 판단은?"

"예?"

효엄이 두 눈을 동그랗게 떴다.

"네가 이곳의 정보를 총괄하는 놈이잖아. 밑에 놈들이 정보를 물어왔으면 분석하고 판단을 해야지. 안 그래?"

"그, 그렇습니다."

"그러니까 네 생각은 어떠냐고?"

한경은 술잔을 빙글빙글 돌리며 효엄을 매섭게 몰아쳤다.

그것을 지켜보는 인허의 얼굴에 미소가 깃들었다.

'군림대의 대주는 아무나 하는 게 아니지. 역시 가주께서 믿고 맡기실 만한 녀석이야.'

"영감은 그런 느끼한 눈길로 보지마쇼. 소름 끼치니까."

"이놈이!"

인허가 발끈했을 땐 한경의 시선은 이미 효엄에게 돌아가 있었다.

"꿀 먹은 벙어리 흉내 내지 말고 빨리 얘기해. 모르면 모르겠다고 대답을 하던가."

"자, 잘 모르겠습니다."

"그러니까 네가 안 되는 거야."

뭔가가 날아와 효엄의 머리통을 후려쳤다.

인허는 그것이 술잔 옆에 놓여 있던 육포 조각이라는 것을 눈치챘지만 효엄은 전혀 알아채지 못했다.

"네 녀석은 뭔가를 알고 있다는 말이냐?"

인허가 물었다.

"당연한 것 아니오?"

"가소로우니까 거드름 따위는 치우고 빨리 말해보거라. 뭘 알아낸 것이냐?"

"그게 맨입으로……."

"이놈이 정말!"

"알았소. 알았다니까. 거 영감 성질은."

인허가 불같이 화를 내자 그제야 손사래를 친 한경이 툴툴거리며 설명을 시작했다.

"예고도 없이 전장에 들이친 놈들은 독안마 쪽에서 전혀 알지 못하는 자라 했소. 삼태상 쪽에서 동원한 이들이 아닌가 의심을 하는 모양인데 단신으로 검혈단을 그리 만들 실력자가 과연 몇이나 있을지 의심스럽소."

인허가 무겁게 고개를 끄덕였다.

"처음 그자가 등장하던 순간이 류호가 막 이자웅의 목숨을 취하려던 순간이라고 했는데 그때 사용했던 무기가 창이라고 했소. 하지만 정작 싸움을 할 때는 지금껏 보지 못한 거대한 검을 사용했다고 했고. 그자의 검과 부딪친 모든 무기가 버티지 못하고 산산조각이 났다는 말도 있던데 맞느냐?"

"예. 그랬습니다."

효엄이 재빨리 고개를 끄덕였다.

"그렇다면 여기서 놈의 특징 몇 가지가 잡히는구려. 첫째, 보기 드문 거구에 마찬가지로 들기조차 버거워 보일 정도로고 거대한 검을 사용하고, 둘째, 함께 나타난 또 한 명의 거구가 류호를 쓰러뜨렸소. 이자웅에 비할 바는 아니나 류호 또한 혈사림에서 알아주는 실력자로 결코 만만한 자가 아니나 변변한 대응도 해보지 못하고 박살이 났소. 그만한 실력자를 수하로 부린다는 것은 그가 보통 신분이 아니라는 것이오. 셋째, 당시 혈룡승천대를 몰아치던 검혈단의 수가 무려 백오십이었소. 그런 검혈단에 뛰어든 것도 모자라 공포에 질려 도망치게 할 실력이라면 최소한 무림십강은 되어야 한다고 보지 않소?"

"무슨 말을 하고 싶은 것이냐?"

"간단하오. 거대한 덩치에 그에 걸맞은 검, 혈사림의 장로를 간단히 제압하는 수하를 두고 본인은 무림십강에 버금가는, 어쩌면 능가할 수도 있는 무공을 지닌 자는 그렇게 많지 않소. 솔직히 위의 특징을 대입했을 때 떠오르는 사람은 딱 한 명뿐이오."

"그, 그게 누굽니까?"

효엄이 참지 못하고 물었다.

"으이구, 등신 같은 놈. 영감을 보고 배워라. 보아하니 진즉부터 눈치챈 것 같구려."

"그래. 무림이 넓다고 하나 그런 조건을 만족하는 사람은 거의 없다고 해도 과언이 아니지. 장강수로맹의 맹주, 호면패왕 유대웅. 맞느냐?"

한경은 인허가 알아차릴 줄 알았다는 듯 씨익 미소를 지으며 고개를 끄덕였다.

"맞소. 전장에 난입한 사람은 틀림없이 유대웅일 것이오."

"확신하느냐?"

"영감이 더 잘 알고 있지 않소. 그만한 조건을 갖춘 사람이 없다는 것을."

"하, 하지만 그가 어째서 여기에 나타난다 말입니까?"

효엄이 도저히 믿기 어렵다는 얼굴로 되물었다.

"왜긴 우리를 막으려고 하는 것이지?"

"예?"

"지금 상황에서 혈사림까지 우리에게 넘어오면 끝장이라 생각한 거다. 그리고 그것이 사실이지. 정확히 판단을 하거다. 그자는."

인허가 동의를 했다.

"네 말이 맞다. 현 시점에서 어쩌면 가장 현명한 판단을 한 것이지."

"하지만 조금 의외긴 하오. 수하가 아니라 직접 나타날 줄이야 누가 상상이나 할 수 있겠소."

한경이 유대웅의 파격적인 행보에 감탄을 했다.

인허도 크게 동감하는 듯했다.

"그건 노부도 같은 생각이다. 현 시점에서 장강을 떠날 생각을 하다니 말이다. 대체 어떤 자가 그런 생각을 했는지 보고 싶군. 더 놀라운 것은 독안마가 아니라 삼태상을 선택했다는 것이다."

순간, 멈칫하던 한경이 이내 말뜻을 알아듣고 절로 탄성을 내뱉었다.

"그렇구려. 확실히 이상하기는 했소. 과연, 그 짧은 시간에 장강을 통일했다더니 그럴 만한 이유가 있는 것 같소이다."

이번에도 효엄은 이해를 하지 못하고 있었다.

"어, 어째서 삼태상을 선택한 것입니까?"

"놈이 이곳에 왔다는 것은 혈사림이 본가로 넘어오는 것을 막기 위함이다. 그렇다면 당연히 세력이 가장 큰 독안마를 지원해서 최대한 빨리 삼태상을 제압하는 것이 수순이 겠지. 그럼에도 독안마가 아니라 삼태상을 선택했다는 것은 오직 한 가지 이유로밖에 설명이 되지 않는다."

효엄이 침을 꿀꺽 삼켰다.

"독안마가 우리의 지원을 받고 있다는 것을 알아차렸다는 것이겠지."

"예? 마, 말도 안 됩니다."

효엄이 강하게 고개를 저었다.

"뭐가 말이 안 돼?"

"우리의 지원을 받고 있는 독안마마저 그 자금이 마황성 쪽에서 흘러나온 것으로 알고 있습니다. 그런데 놈들이 어찌……."

놀라움이 컸는지 효엄은 말을 잇지도 못했다.

"장강수로맹의 맹주가 큰 위험성을 각오하고 혈사림을 지원하러 왔다면 그만큼 철저한 준비가 되어 있었겠지. 우리가 미처 모르는 세작들이 쫙 깔려 있을 것이야."

인허의 말에 한경에 동의를 표했다.

"그런 것 같소. 엉뚱한 곳을 지원하려 하다가 도리어 위험에 빠질 수도 있음이니. 자, 이제 이해를 할 수 있겠소. 이번 싸움은 끝이 났다는 것을."

"동의한다."

인허가 고개를 끄덕였다.

무림십강을 능가하는 무위로 명성을 떨치고 있는 유대웅과 장강수로맹의 힘을 감안하면 독안마가 삼태상을 이길 가능성은 전무했다.

게다가 그가 독안마를 지원하지 않고 삼태상을 지원하는 진짜 이유까지 밝히면 독안마의 세력은 하루아침에 무너진다고 해도 과언이 아니었다.

"효엄."

"예, 장로님."

"지금 즉시 이종에게 연락을 취해라. 어떻게든 독안마를 움직여 삼태상을 공격하라고 해."

"알겠습니다."

"필요하다면 독안마를 죽여도 좋다. 아니, 그보다는 독안마는 살려주고 그를 지키는 수하들과 핵심 수족 중 두엇을 제거하는 것이 더 효과적이겠군. 삼태상이 자신을 죽이기 위해 암살자를 보냈고 그로 인해 수하들이 죽는다면 독안마의 성격상 결코 참지 않을 테니까."

한경이 몇 마디 거들었다.

"하려면 빨리하는 게 좋을 거요. 지금쯤이면 놈과 삼태상이 대면을 하고 있을 터. 우리가 개입한 사실도 금방 드러나오."

"들었느냐? 시간이 없다. 최대한 빨리 움직이라고 해라."

"알겠습니다."

효엄이 벌떡 일어났다.

"암살자는 우리 쪽에서 지원을 하도록 하겠소."

"괜찮겠느냐? 목숨을 잃을 수도 있다."

인허의 말에 한경이 술잔을 들며 말했다.

"군림대에 그렇게 약한 놈은 없소. 아, 그리고 효엄이 없어서 하는 말인데 가장 극적인 효과를 얻으려면 이종을 없애야 할 거요."

"그렇잖아도 그 말을 하려 했다. 독안마 쪽에서 우리와 접촉한 사람은 이종뿐이니 놈만 제거를 하면 독안마는 하늘이 두 쪽 나더라도 삼태상의 말을 믿지 않겠지. 확실히 제거를 하도록 해."

"흐흐흐. 내 이래서 영감을 좋아한다 말이오. 확실히 흉계에 능해."

"홍, 네놈만큼은 아니다."

인허와 한경이 술잔을 부딪치며 웃었다.

*   *   *

"고맙소. 쉬운 일이 아니었을 텐데."

귀령사신이 고통스러운 표정으로 앉아 있는 이자웅을 힐끗 바라보며 말했다.

"공은 공이고 사는 사니까요."

유대웅이 애써 웃으며 말했다.

말은 그리하면서도 속은 뒤집어졌다.

그것을 모를 귀령사신이 아니었다.

"허허허! 이것 참. 아무튼 큰 신세를 졌소이다."

"별말씀을. 때마침 도착을 해서 다행이었습니다."

유대웅이 점잖게 대꾸를 하자 처음부터 의심스런 눈초리를 보이던 유덕강이 질문을 던졌다.

"한데 무슨 이유로 우리를 도와준 것인가?"

"이유는 어르신들이 더 잘 알고 계시지 않습니까?"

"모르니까 묻는 것이지."

유덕강이 불쾌한 표정을 감추지 않고 말했다.

"어허, 이 사람아."

귀령사신이 황급히 말리려고 했으나 늦고 말았다.

"모른다면 한심한 일이지요."

유대웅이 퉁명스레 내뱉었다.

"뭐랏!"

유덕강이 벌떡 일어났다.

"그만하게."

귀령사신이 황급히 유덕강의 팔을 잡아 자리에 앉혔다.

"자네는 저자가 하는 말을 듣지 못했나?"

유덕강이 유대웅을 가리키며 흥분을 감추지 못했지만 정

작 유대웅은 태연스럽기만 했다.

"자네가 이곳에 온 이유는 미루어 짐작이 가네. 우리가 천추세가에 넘어가는 것을 막기 위함이겠지."

성안이 유대웅의 눈을 응시하며 말했다.

"그렇습니다."

"그래서 궁금한 것이라네. 어째서 독안마가 아니고 우리인지. 천추세가를 막기 위함이라면 우리보다 독안마를 선택했어야 하네. 솔직한 말이지만 독안마의 세력은 우리가 감당하기 힘들 정도로 커졌네."

"알고 있습니다."

"그렇겠지. 장강수로맹의 맹주가 위험을 무릅쓰고 여기까지 왔는데 그 정도 조사야 당연했겠지. 자, 그럼 말해 주겠나? 어째서 우리인지를. 더구나 이 장로와의 악연까지 생각하면 당연히 독안마를 선택했어야 했는데."

성안은 물론이고 방금 전까지 불같이 화를 내던 유덕강마저 숨을 멈추고 유대웅의 대답을 기다렸다. 특히 한쪽 구석에 앉아 있는 검수린의 눈빛은 유대웅의 일거수일투족을 면밀히 살피고 있었다.

"처음, 천추세가의 계획을 막기 위해 혈사림을 지원하기로 결정하였을 때만 해도 독안마의 세력은 미미했습니다. 존재감 자체가 없었다고 할까요. 제 선택은 당연히 여러분을 도와 천추세가를 물리치는 것이었습니다. 한데 장강수로맹에서 이곳까지 오는 동안에 판도가 확 바뀌었습니다."

순간, 삼태상의 입에서 미약한 신음이 흘러나왔다.

"그리고 이곳에 도착했을 땐 독안마의 힘이 인면호리는 물론이거니와 여러분의 힘을 압도할 정도로 강력해졌습니다. 잠시 고민을 했지만 결론은 간단했습니다. 천추세가를 막기 위해선 여러분들 말대로 당연히 독안마를 선택했어야 했습니다. 제가 여러분을 지원해서 독안마와 치열한 싸움을 벌여 봐야 좋아라 할 사람은 인면호리와 천추세가였으니까요. 저 인간… 이 장로와의 악연도 있었고요."

유대웅이 욕이 목까지 치밀어 오르는 것을 애써 참으며 최대한 예의를 차려 말을 했다.

"그런데 어째서 우리를 지원한 것이냐?"

유덕강이 그새를 못 참고 대답을 다그쳤다.

아랫사람 대하는 태도에 잠시 그를 노려본 유대웅은 미안하다는 듯 바라보는 성안의 눈빛에 말을 이었다.

"전장에 도착할 때까지만 해도 저의 선택은 독안마였습니다. 하지만 바로 그때, 우리가 몰랐던, 아니, 내내 의식하고 의심을 하고 있었지만 찾지 못했기에 애써 무시하고 지나갔던 사실을 알게 되었습니다."

"그, 그게 무엇이오?"

귀령사신이 자신도 모르게 물었다.

"독안마의 자금 출처를 찾아낸 것입니다."

순간, 가장 격동한 사람은 유대웅을 경계하듯 살피고 있던 검수린이었다.

벌떡 일어난 그가 소리치듯 물었다.

"그, 그게 누굽니까?"

유대웅의 시선이 검수린에게 향했다.

두 눈을 동그랗게 뜨고 바라는 검수린의 모습에 유대웅의 입가에 엷은 미소가 지어졌다.

검수린이 직책이 대충 무엇인지 짐작됐기 때문이었다.

"이종이라는 자를 아십니까?"

유대웅이 물음에 유덕강이 불쑥 끼어들었다.

"이종이라면 독안마에 붙어 있는 기생충이다."

"사십사군 중 한 명이지요. 독안마의 왼팔이라 부를 수 있는 자로 그쪽 자금줄을 관리하고 있습니다."

검수린이 덧붙였다.

"제 수하들이 그가 천추세가 쪽 사람과 은밀히 접촉하는 것을 확인했습니다. 금괴를 담은 것으로 추정되는 상자를 받아내는 것도 지켜봤고요."

"그, 그럴 수가……."

검수린은 흑비조에서 현재 가용할 수 있는 모든 요원을

움직이고도 찾아내지 못한 독안마의 자금줄을 유대웅의 수하들이 찾아냈다는 것에 망연자실했다.

삼태상은 검수린과는 달리 천추세가가 독안마를 지원하고 있었다는 사실 그 자체에 경악을 금치 못했다.

"독안마. 이 병신만도 못한 쥐새끼가!"

흥분을 감추지 못한 유덕강의 손이 앞에 놓인 탁자를 산산조각 내버렸다.

성안 역시 넋이 나간 표정으로 아무런 말도 하지 못하고 있었다.

간단한 치료만을 한 채 고통을 참고 있던 이자웅도 그 자리에서 혼절을 할 정도로 충격을 받았다.

귀령사신만이 간신히 정신을 수습하고 아직도 믿기지 않는다는 음성으로 물었다.

"지금 맹주가 한 말이 모두 사실이오?"

"그렇습니다. 그 사실을 알았기에 제가 원수나 다름없는 이 장로를 구하고 여러분들 앞에 앉아 있는 것입니다."

유대웅이 혼절한 이자웅을 힐끗 바라보며 말했다.

"다만 독안마가 이 일을 알고 있는지는 모르겠습니다."

성안이 고개를 흔들었다.

"모를 것이네. 독안마가 아무리 욕심이 많다고 해도 천추세가를 끌어들이는 멍청한 짓은 하지 않을 사람이네. 독안마 측에도 우리만큼이나 천추세가를 경계하고 증오하는 사람 투성이고."

"그건 모르는 일이지요. 사람의 욕심이란 끝이 없는 것이니."

유대웅의 말에 귀령사신이 굳은 얼굴로 말했다.

"그건 확인을 해보면 알 것이오. 독안마를 만나서 직접 확인을 해봐야겠소."

"너무 위험하네."

"그 간악한 놈이 어떤 흉계를 꾸밀지 몰라."

성안과 유덕강이 동시에 말리고 나섰다.

하지만 귀령사신은 자신의 결심을 바꿀 생각이 없는 듯했다.

"위험해도 만나야 하네. 독안마가 작심하고 천추세가와 손을 잡은 것이라면 자네들 말대로 내 목숨이 위험할 수도 있겠지만 만약 맹주 말대로 아무것도 모르고 놈들의 계획대로 움직이는 것이라면 말려야 하지 않겠나. 혈사림을 놓고 싸울 때 싸우더라도 일단은 인면호리와 천추세가를 몰아내는 것이 중요하네."

"제 생각도 그렇습니다. 놈들이 원하는 것은 독안마와 여러분의 부딪쳐 피를 흘리는 것입니다. 그리고 충분하다 생각하면 즉시 본색을 드러내게 되겠지요. 참고로 이곳에 와 있는 천추세가의 힘은 여러분이 생각하는 것 이상으로 막강합니다."

"그, 그게 무슨 뜻입니까?"

검수린이 두 눈을 동그랗게 뜨고 물었다.

"얼마 전, 인근 지역에 일단의 무리가 도착했습니다. 지금은 어디에 있는지 파악이 되지 않고 있지만 수하들의 보고를 종합해 보면 틀림없이 천추세가의 무인들이었습니다. 놀라운 것은 수하들이 그들의 수준이 정확히 어느 정도인지 가늠을 하지 못했다는 것입니다. 혈사림의 무인들을 수도 없이 보아온 수하들의 눈으로도 파악을 할 수 없었다면 그만큼 위험한 자들이란 보며 맞겠지요. 결정적인 순간에 그들이 움직일 터. 반드시 주의를 해야 할 것입니다."

삼태상이 검수린을 돌아보았다.

검수린은 힘없이 고개를 흔들었다.

잠깐 사이에 누구보다 날카롭고 영민했던 검수린의 모습은 흔적도 없이 사라지고 말았다.

"당장 독안마를 만나야겠네."

귀령사신이 하얗게 질린 얼굴로 말했다.

성안과 유덕강도 이번에는 그를 말리지 못했다.

"나도 함께 가지."

성안이 따라 나섰다.

"자네는 만약에 대비해 아이들을 단속하는 것이 좋겠네."

귀령사신의 말에 고개를 끄덕이던 유덕강이 문득 물었다.

"한데 독안마가 자네들의 말을 믿지 못하면 어떻게 되는 것인가?"

"믿을 것이네."

"그러니까 그걸 어찌 장담하느냐는 말이야."

귀령사신이 유대웅을 바라보며 말했다.

"적의 적은 가장 믿을 만한 친구라고 하지. 천추세가의 가장 큰 적이라 할 수 있는 장강수로맹의 맹주가 직접 왔다는 것만으로도 이미 검증은 끝난 것이네."

유대웅이 한마디를 덧붙였다.

"독안마가 천추세가와 관계가 없다는 가정 하에 말이지요."

그러나 상황은 그들의 예측과는 전혀 다른 방향으로 흘러가고 있었다.

"네, 네놈들이 어째서……."

경악으로 가득한 눈, 풀지 못한 의문을 가지고 이종은 그렇게 숨이 끊어졌다.

"뭣들 하느냐? 노, 놈들을 잡아랏!"

독안마가 미친 듯이 소리를 질렀을 땐 이종의 수하로 위장하고 들어온 암살자들은 이미 밖으로 도주한 뒤였다.

독안마는 자신을 대신하여 목숨을 잃은 수하들과 이종을 보며 이를 부득 갈았다.

그들이 아니었으면 어쩌면 목숨을 잃었을 상황이었다.

하지만 수하들에 대한 고마움보다는 자신을 죽이려 한 적들에 대한 분노가 훨씬 컸다.

대략 일각의 시간이 흐른 후, 암살자들의 뒤를 쫓았던 수하들이 형체를 알아보기 힘들 정도로 망가진 사내를 데리고 들어왔을 때, 그리고 그의 정체가 흑비조에서 양성한 살수라는 것을 확인한 순간, 그렇잖아도 검혈단의 실패로 화가 나 있던 독안마의 분노가 폭발을 했다.

혈룡승천대를 공격한 것을 빌미로 자신을 직접 암살하려 했다고 판단한 독안마가 차갑게 웃었다.

"그래. 어차피 내가 시작한 일이었다. 기왕 시작했으니 끝까지 가보자. 거기 있느냐?"

호위 한 명이 득달같이 달려왔다.

"예. 장로… 림주님."

수신호위는 독안마의 눈빛이 싸늘해지자 얼른 호칭을 바꿨다.

"지금 당장 전령을 보내 모두 소집해."

"존명!"

"음살단(陰殺團)과 광혼단(狂魂團)에도 언제든지 출동할 준비를 갖추라 전하고."

"존명!"

명을 받은 호위가 번개같이 사라졌다.

그가 사라지기가 무섭게 전령 하나가 달려왔다.

"리, 림주님."

"무슨 일이냐?"

"태, 태상과 좌상이 리, 림주님을 만나 뵙기 위해 이쪽으로 오고 있다고 합니다."

"뭣이라? 태상과 좌상이? 흥, 내가 뒈졌을 것이라 생각했단 말이군."

귀령사신과 성안이 암살자를 보냈다고 믿고 있는 독안마는 그들이 방문하는 목적을 완전히 오해했다.

자신의 시신을 보고 조롱하려 한다고 여긴 것이다.

"감히 본좌를 암살하려 한 작자들이다. 음살단에 연락해 당장 목을 치라고 전해라."

"하, 하지만……."

전령이 당황한 기색을 보이자 독안마의 손이 그의 머리통을 조금의 주저함도 없이 날려 버렸다.

그리곤 뒤쪽에 대기하고 있던 호위에게 소리쳤다.

"당장 음살단에 연락해 두 늙은이의 수급을 대령하라 전해라."

"존명!"

머뭇거리던 전령이 어떤 꼴이 되었는지 똑똑히 본 호위는 즉시 명을 받았다.

"모조리 죽여 버릴 것이다."

독안마의 눈에서 인간의 것이라고는 여기기 힘든 살기가 뿜어져 나오기 시작했다.

巫山三峽

第四十章
이이제이(以夷制夷)

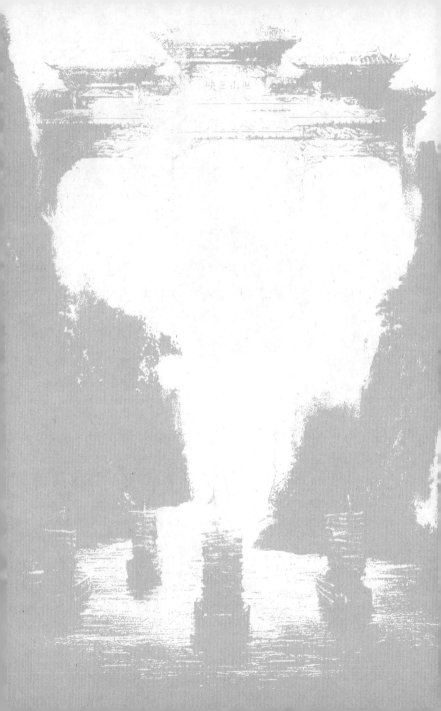

"성공했습니다."

효엄의 말에 인허는 흐뭇한 표정을 지으며 고개를 끄덕였고 한경은 당연하다는 듯 어깨를 으쓱일 뿐이었다.

"그런데 안타깝게도 이종이 목숨을 잃었습니다. 하필이면 독안마 곁에 붙어 있어서는……."

효엄이 안타까운 마음을 감추지 못하고 한숨을 내쉬자 한경은 어이없는 웃음을 흘리며 그의 뒤통수를 후려쳤다.

"네가 그러니까 안 되는 거라고."

효엄이 머리를 웅웅 울리는 고통을 참으며 억울하다는

듯 쳐다보자 한경이 답답함을 참지 못하고 소리쳤다.

"모르겠냐? 그놈은 처음부터 죽어야 될 놈이었다. 비밀을 지키기 위해선 반드시 죽어야 했단 말이다."

한경에게 워낙 닦달을 당해서 그렇지 효엄이 그리 멍청한 인물은 아니었다.

한경의 말뜻을 즉시 깨달은 효엄이 멍한 얼굴로 바라보자 한경은 그제야 만족한 미소를 머금었다.

"이제 좀 이해가 가냐?"

"예. 한데 어째서 제게 미리 말씀을 하지 않으신 겁니까?"

효엄이 뒤통수를 어루만지며 억울함을 토로했다.

"쯧쯧, 적을 속이려면 우리 편부터 속여야지. 네놈에게 미리 얘기를 했으면 눈치 빠른 이종이 금방 알아차렸을 것이다. 하면 수행원으로 따라간 내 수하들이 오히려 목숨을 잃었겠지. 그리되면 독안마의 세력은 고스란히 우리의 적이 되었을 것이고."

"그, 그렇군요."

효엄이 비로소 이해를 했다는 듯 감탄한 얼굴로 고개를 끄덕였다.

"그렇게 놀란 표정 지을 것 없다. 조금만 머리를 쓰면 누구라도 생각할 수 있는 것이었으니까. 아무튼 독안마가 제대로 독을 품었으니 이제부터 정말 볼 만하게 되었소, 영감. 혈룡승천대를 공격할 때만 해도 간을 보는 모양새가 강했는데 말이외다."

"그러게 말이다. 제대로 붙을 것 같구나."

인허의 말에 효엄이 맞장구를 쳤다.

"예. 맞습니다. 자신의 세력권에 있는 자들을 모조리 소환했습니다. 게다가 휘하에 있는 수하들에게 바로 움직일 준비를 마치라는 명을 전달했습니다."

"삼태상 쪽에서도 나름 대비는 하고 있겠지?"

"예. 무엇보다 독안마를 만나러 왔던 태상과 우상이 적들의 공격에 간신히 목숨을 건져 도주한 이후, 분노의 목소리가 높습니다. 혈룡승천대의 일도 있고 해서 독이 오를 대로 오른 상태라 어쩌면 독안마가 아니라 삼태상 측에서 먼저 선공을 할 수 있습니다."

"이러나저러나 우리야 좋은 일이지. 참, 인면호리에게 연락은 하였느냐? 가급적 나서지 말고 물러나 있으라고 확실히 전해야 한다. 자칫하면 삼태상보다 먼저 공격을 받을 수있어."

"예. 따로 사람을 보냈습니다. 아울러 계획상 독안마에 붙은 자들에 대한 단속도 하라고 일러두었습니다."

"잘했다."

인허의 칭찬에 한경에 시달리느라 잔뜩 주눅이 들었던 효엄의 얼굴에 생기가 돌았다.

"자, 어쨌든 판은 벌어진 셈인데 문제는 장강수로맹의 맹주가 어찌 움직이느냐 하는 것이로군."

"지금 당장은 방법이 있어보이진 않지만 그라면 어쩐지 뭔가 수를 낼 것도 같소."

그리되면 안 되는 것임을 알면서도 한경의 눈빛에서 어딘지 모르게 기대감이 느껴졌다.

"같은 생각이다. 확실히 그만한 실력도 가지고 있고. 효엄."

"예. 장로님."

"본가에 연락은 취했느냐? 지금껏 아무런 얘기가 없었다는 것은 장강수로맹의 맹주가 이곳에 있다는 것을 전혀 몰랐다는 것이다. 이제라도 알려줄 필요가 있어."

"내시급으로 보냈으니 빠르면 오늘밤에 도착할 것도 같습니다."

"크크크, 곡소리 좀 나겠군."

한경이 큭큭거리며 웃었다.

"무슨 뜻이냐?"

인허가 물었다.

"당연하지 않소. 장강수로맹의 맹주라면 현 시점에서 본가의 가장 큰 골칫덩이라 할 수 있소. 한데 그런 자가 혈사림의 문제를 해결하겠다고 버젓이 나섰는데도 취운각에선 그걸 전혀 눈치채지 못했으니 호랑이 같은 군사께서 가만히 계실 리 만무할 터. 취운각주는 죽었다고 복창을 해야 할 것이오."

생각만으로도 끔찍한지 한경이 진저리를 쳤다.

"아울러 뭔가 조치를 취하겠지. 네 말대로 본가의 대업을 위해서라도 장강수로맹의 맹주는 반드시 제거해야 하는 인물이니까. 어쩌면 혈사림을 집어삼키는 것보다 더 중요한 문제일 수도 있다."

인허의 말에 효엄은 설마 그 정도까지겠느냐는 듯한 얼굴로 한경을 바라보았다.

"추측컨대 군림대에 그자를 제거하라는 명이 떨어질 것 같소."

효엄은 근래 보기 힘든 진지한 모습의 한경을 보며 자신도 모르게 침을 꿀꺽 삼켰다.

"그렇겠지. 한데 자신은 있느냐?"

"그걸 말이라고 하쇼? 그런 질문은 우리 군림대에 대한 모욕이오."

한경이 발끈해서 소리쳤지만 인허는 아무런 대꾸도 하지 않고 그를 빤히 바라만 보았다.

인허의 시선이 부담이 되었던 한경이 슬쩍 고개를 돌리며 말했다.

"자신은 있소. 하지만 지금까지 전해진 그의 실력이 정말 확실하다면 많은 피해는 피할 수 없을 것 같소."

"음."

"최악의 경우는 그가 아예 정면 대결을 회피하고 각개격파를 노렸을 경우인데 그리되면 문제는 생각보다 심각해질 수 있소."

인허 역시 충분히 이해가 가는지 무겁게 고개를 끄덕였다.

"그렇게 되지 않도록 만들어야지. 여차하면 혈사림을 포기하는 한이 있더라도 말이야."

"에이, 그건 영감이 너무 앞서나가는 것 같소."

"아니. 본가에서도 아마 노부와 같은 생각일 게다. 그러니까 군림대도 미리미리 마음의 준비를 하는 것이 좋을 거다."

한경을 대답하지 않았다.

하지만 인허의 말대로 될 가능성이 다분하다는 것은 그도 느끼고 있었다.

"거의 모든 병력이 모였습니다. 곧 시작될 것 같습니다."

당번이 대대적인 공격을 준비하는 독안마 측의 분위기를 전했다.

"어쩔 수 없지. 그런데 암습이 있기는 있었던 거야?"

유대웅이 허탈한 음성으로 물었다.

"예. 그 암살자들 손에 독안마의 호위 몇이 목숨을 잃었고 동석했던 이종 또한 목숨을 잃었습니다."

"그러니까 독안마는 암살자가 삼태상이 보낸 것이라고 믿고 있다는 것이지?"

"예. 암살자 중 한 명이 도주하다 잡혔는데 그가 흑비조 소속의 살수라고 합니다."

"흠, 위장하는 거야 일도 아니니까 신경 쓸 것 없고. 호위야 그렇다 치고 이종까지 죽었다는 것은……."

"꼬리를 자른 것 같습니다."

마독이 말했다.

"장로님도 그리 생각하는군요. 제 생각도 그렇습니다. 공교롭게도 우리가 삼태상을 지원하는 시점에서 일이 터진 것도 영 마음에 걸리는군요. 어쩌면 천추세가에서 우리의 정체를 파악한 것은 아닌가 하는 생각이 듭니다."

"충분히 가능성이 있는 얘기입니다."

"그런데 꼬리를 잘랐다면 독안마가 쳐낸 겁니까?"

평안의 물음에 마독이 고개를 저었다.

"천추세가에서 쳐낸 것이겠지. 이종만 사라지면 독안마와 천추세가가 연관되어 있었다는 것을 아는 사람이 없을 테니까."

유대웅이 설명을 덧붙였다.

"또한 그 덕에 독안마는 삼태상이 자신을 암살하려 했다고 믿게 되었지. 의도가 제대로 먹혔어. 독안마가 저리 미쳐 날뛰는 것을 보면."

항평이 떨떠름한 얼굴로 물었다.

"어차피 싸움은 혈룡승천댄가 뭔가 하는 자들을 공격하면서 시작된 것 아닙니까?"

"그건 국지전이라고 볼 수 있다. 싸움을 하다 언제든지 멈출 수 있고 또 유리하면 조금 더 확대시킬 수도 있는. 하나, 지금처럼 전력을 다해 싸운다는 것은 달라. 그야말로 끝장을 보자는 거지."

"하면 우리도 힘을 보태야겠군요."

"그래야겠지. 어차피 그러려고 온 것이고. 하지만 속은 쓰리다. 이건 정말 최악의 상황이야. 멍청한 독안마 같으니라고! 태상과 우상이 찾아 갔다면 최소한 그 이유라도 확인해 보고 공격을 해도 해야 할 것 아냐! 다짜고짜 죽이려 들다니."

독안마와 대화를 하러 갔다가 간신히 목숨만을 건져 온

태상과 우상. 그로 인해 상황은 더욱 악화되었다고 해도 과언이 아니었다.

"하면 대기하고 있는 아이들에겐 뭐라 할까요? 이미 준비를 마친 녀석들도 있는 것 같은데."

마독이 넌지시 말했다.

"글쎄요."

유대웅이 곧바로 대답을 하지 못하고 잠시 생각에 잠겼다.

"기왕 이리된 것 우리도 시작하는 것이 좋겠습니다. 이쪽만 당하라는 법은 없지요."

"알겠습니다. 그리 전하도록 하겠습니다."

"장로님."

"예. 맹주."

"직접적으로 천추세가를 노리는 것은 아니더라도 상황이 상황인만큼 성공하기가 쉽지 않을 겁니다. 인면호리 주변으로 경계가 철저하다 들었습니다. 어쩌면 많은 피해도 발생할 수 있을 것입니다."

"마음 쓰지 마십시오. 그걸 업으로 하는 아이들입니다."

"그래도……."

유대웅은 미안한 마음을 감추지 못했다.

"그리고 믿어보십시오. 제가 가르쳐서 그러는 것이 아니고 정말 뛰어난 아이들입니다. 살곡이나 은환살문에 비해 훨씬 규모가 작은 은영문이 어째서 그들과 어깨를 나란히 하는지 이번 기회에 보시게 될 겁니다."

마독의 음성엔 은영문에 대한 자부심이 가득했다.

다만 시간이 워낙 촉박하여 준비할 시간이 너무 부족했다는 것이 마음에 걸리기는 했으나 능히 이겨내리라 믿었다.

마독이 그렇게까지 말하는데 더 이상 왈가왈부한다는 것은 무례라 여긴 유대웅이 환한 미소를 지으며 고개를 끄덕였다.

"믿습니다. 믿고말고요. 그럼 부탁드리겠습니다. 아, 그런데 장로님께서도 그들과 함께 가시는 겁니까?"

"그럴 리가요. 저는 장강수로맹 소속입니다."

"훗, 그렇지요."

유대웅과 마독이 마주 보며 웃을 때, 독안마의 주변을 감시하는 임무를 맡았던 월광대원 하나가 방으로 뛰어들어왔다.

"시작되었습니다. 음살단이 혈룡승천대를 공격하기 위해 움직였습니다. 혈음마검(血飮魔劍)이 그들을 지휘한다고 합니다."

혈음마검에 대한 지식이 없던 유대웅이 마독을 바라보

았다.

"상대의 목숨을 취하고 그 피로 입을 축인다고 하여 혈음이라 불리는 자입니다. 잔인한 성격과 그 성격에 걸맞은 독랄한 무공을 사용하지요. 혈사림에서도 손꼽히는 고수입니다."

"혈음이라. 미친놈이군요."

무공의 고하를 떠나 상대의 피를 마신다는 말에 기분이 확 상한 유대웅의 미간이 잔뜩 찌푸려졌다.

"얼마나 미친놈이기에 사람의 피를 마신답니까? 제가 가서 요절을 내버리겠습니다."

유대웅과 똑같은 표정을 지은 항평이 옆구리에 차고 있는 검을 꽉 움켜쥐며 말했다.

"서두르지 마라. 누가 뭐래도 우리는 외인이야. 삼태상의 요청 없이 함부로 움직이는 것도 실례다. 그리고 움직이면 함께 움직인다. 그리고 호천단주."

"예. 맹주님."

뒤에 시립하고 있던 이석이 허리를 꺾었다.

"싸움은 가급적 너와 나, 항평, 그리고 마 장로님만 하는 것으로 할 것이다."

"예?"

이석은 물론이고 마독과 항평 또한 깜짝 놀란 얼굴을 하였다.

"다급한 상황이라면 어쩔 수 없겠지만 이런 곳까지 와서 내 수하들이 다치거나 목숨을 잃는 것이 영 마음에 들지 않아."

"하지만……."

"싸움의 방식을 조금 달리할 생각이다. 펑이와 장로님도 들으세요."

"예. 맹주님."

"삼태상 쪽에서 도움 요청이 왔을 때 우리들의 목표는 명확합니다. 괜히 밑의 수하들과 어울릴 필요 없이 상대방의 지휘관들만 노립니다. 그자들만 사라지면 싸움은 생각 외로 쉽게 끝날 수가 있습니다. 수장들의 성향에 따라 갈린 것이지 밑에 있는 자들이야 어차피 혈사림이라는 같은 뿌리를 지니고 있으니까요."

"지휘관이라면 그만큼 접근하기가 쉽지 않을 텐데요."

항펑의 말에 유대웅이 빙긋이 웃었다.

"그건 알아서 해결해야 할 일이고."

뭔가 그럴듯한 대답을 기대했던 항펑.

마독이 황당한 표정을 짓고 있는 그의 어깨를 가만히 두드리며 말했다.

"그런 임무는 노부에게 맡기고 너는 그냥 닥치는 대로 쓸어버리면 된다. 넌 충분히 그럴 만한 무공을 지니고 있어.
이 기회에 네 능력을 마음껏 발휘해봐."

단 몇 마디에 항평의 안색이 확 달라졌다.

확실히 마독은 사람의 마음을 다스릴 줄 아는 인물이었
다.

＊　　　＊　　　＊

해가 저물 무렵, 곧 다가올 혈풍을 예고라도 하듯 서쪽
하늘을 물들이고 있는 노을이 유난히 붉었다.

노을을 등지고 혈사림의 총단을 바라보는 독안마의 눈에
는 끝을 알 수 없는 탐욕이 일렁이고 있었다.

독안마가 손을 치켜들었다.

그의 뒤로 늘어선 수백의 병력이 오직 그의 명을 기다리
며 살기를 뿜어내고 있었다.

"시작해."

독안마가 조용히 읊조리듯 내뱉으며 손을 내렸다.

순간, 그의 좌우에 있던 수하들의 음성이 쩌렁쩌렁 울려
퍼졌다.

"공격하랏!"

"공격!"

공격 명령이 떨어지기가 무섭게 괴성을 내지르며 뛰쳐나가는 무리가 있었다.

혈사림에서도 가장 상대하기가 까다롭고 다루기도 힘들다는 광혼단(狂魂團)이었다.

광혼단을 이끌고 가장 앞서 달리고 있는 사내의 이름은 혁련월(赫連越).

사십사군의 한 사람으로 오직 스스로의 힘만으로 실력을 인정받아 지금의 자리에 오른 황야의 늑대 같은 인물이었는데 그의 진가를 가장 먼저 알아보고 인정해 준 사람이 다름 아닌 독안마였다.

"역시 믿음직해."

독안마는 단숨에 정문을 돌파하며 안쪽으로 진입한 혁련월과 광혼단을 보며 크게 만족해했다.

"저쪽도 시작했겠지?"

독안마가 왼쪽으로 고개를 돌리며 물었다.

"예. 림주님. 혈음마검 장로님의 성격상 기다리지 않고 곧바로 공격을 시작하셨을 겁니다."

독안마의 장자방 역할을 하고 있는 소진(蘇震)이 공손히 대답했다.

"그렇겠지. 한데 어째서 그 친구를 그곳으로 보낸 것이냐? 혈룡승천대가 무서운 놈들이기는 해도 그것도 옛말이

다. 무이산에서 반 토막이 났고 또 오전에 있었던 싸움에서
도 막대한 피해를 입었지. 굳이 먼저 치지 않아도 됐던 것
같은데 말이다."

소진이 조용히 대답했다.

"비록 그 숫자는 적지만 혈룡승천대는 혈룡승천대입니
다. 자칫 방심을 하다간 뒤통수를 맞을 수도 있습니다."

"그렇다 해도 혈음마검을 보낸 것은 분명히 과했다. 게다
가 철산객(鐵山客), 귀견(鬼犬), 섭혼귀창(攝魂鬼槍)까지 뒤
따르게 하다니. 도통 이해를 할 수가 없구나."

"만에 하나 있을지 모르는 일을 염려해서 그랬습니다."

"만에 하나라니?"

"혈룡승천대를 공격했을 때 정체를 알 수 없었던 자들이
난입하지 않았습니까?"

"그래. 놈들 때문에 다잡은 혈룡승천대를 놓쳤지. 한데
그놈들이 왜?"

"아무래도 마음에 걸려서 말입니다. 조사를 해본 결과 삼
태상과는 전혀 관계가 없는 사람들이었습니다. 아직 정확
한 정체를 파악하지는 못했지만 분명 외부에서 끌어들인
자들입니다."

"노망난 늙은이들! 이제는 외부에까지 손을 뻗치다니!"

자신 스스로가 외부의 지원을 받았다는 것을 완전히 망

각한 독안마가 분통을 터뜨렸다.

"일단 보는 눈이 있으니 그자들을 처음부터 전면에 내세우지는 못하겠지만……."

"그래. 혈룡승천대 쪽에선 마음 놓고 모습을 드러낼 수 있겠군. 오전에 도움을 주기도 했으니까 큰 거부감도 없을 것이고."

"그렇습니다."

"알았다. 네가 잘 알아서 판단한 것이겠지. 한데 궁금하기는 하구나. 감히 어떤 놈들이 끼어든 것인지 말이다. 흠, 기왕 이리되었으니 혈음마검에게 연락해 가급적이면 낯짝이나 볼 수 있게 만들라고 전해라."

"그렇게 하겠습니다."

소진의 말대로 삼태상은 유대웅 일행에게 혈룡승천대를 지원해 달라는 요청을 했다.

하지만 그들을 전면에 내세우기를 꺼려한다는 요청과는 달리 삼태상이 원한 것은 혈룡승천대를 공격한 음살단과 혈음마객 등을 꺾고 그 여세를 몰아 오히려 독안마의 배후를 쳐 주기를 기대하면서 그런 부탁을 한 것이다.

유대웅 일행의 숫자가 얼마 되지 않는다는 것을 감안했을 때 터무니없는 부탁이었지만 삼태상은 무림십강을 능가

한다는 유대웅의 실력을 믿었다.

기대대로 음살단과 혈음마검을 물리치고 독안마의 배후를 치지 못한다고 하더라도 최소한 쉽게 밀리지는 않으리란 판단을 했다.

삼태상의 정중한 요청을 받고 움직인 유대웅이 혈룡승천대가 머물고 있는 전장에 도착했을 땐 음살단의 선봉이 막 그들을 공격하기 시작할 때였다.

"늦지는 않았군."

유대웅이 전장을 둘러보며 말했다.

후미에서 수하들을 독려하던 동방립이 유대웅을 발견하곤 반색을 하며 달려왔다.

"어서 오십시오. 오신다는 말씀은 이미 전해 들었습니다."

동방립은 삼태상을 통해 유대웅의 정체에 대해 정확히 들었다. 게다가 오전에 큰 도움을 받은 터라 유대웅을 대하는 태도가 지극히 조심스러웠다.

"늦지 않아서 다행입니다."

"이렇게 번번이 도움을 주신다니 감사할 뿐입니다."

동방립은 장강수로맹의 맹주라는 지위를 가지고 있음에도 거만하기는커녕 오히려 예의가 바른 유대웅의 태도에 내심 감탄을 했다.

"누가 혈음마검입니까?"

항평이 호승심을 참지 못하고 물었다.

잠시 항평을 살피던 동방립은 그가 장로 류호의 목숨을 끝장낸 사람이라는 것을 알아보곤 얼른 손가락을 뻗었다.

"바로 저놈이오."

동방립이 가리키는 손가락을 따로 고개를 돌린 항평의 눈에 생각대로 더러운 인상을 지닌 노인의 모습을 들어왔다.

목표물을 확인한 항평이 유대웅을 불렀다.

"형님."

"알았다. 만만치 않아 보이긴 하나 오전에 한 충고를 기억한다면 크게 어렵지는 않을 거다."

"명심하겠습니다."

허락을 받은 항평이 초천검과 크기, 형상, 무게까지 똑같이 만들어진 검을 꺼내들며 혈음마검을 향해 움직이기 시작했다.

동방립은 혈음마검을 상대하기 위해 달려가는 항평의 표정을 보고 깜짝 놀랐다.

혈사림에서도 손꼽히는 고수와의 싸움을 하기 위해 달려가는 항평이 마치 귀한 장난감을 눈앞에 둔 아이처럼 신나는 얼굴을 하고 있었기 때문이었다.

전장을 쓰윽 훑어본 유대웅이 짐짓 거만한 자세로 싸움을 지켜보는 자를 가리켰다.

"저자는 누굽니까?"

"철산객입니다. 혈음마검 수준의 고수는 아니나 사십사군의 일인으로⋯⋯."

유대웅은 동방립의 얘기를 듣지 않았다.

"이석."

"예. 맹주님."

"네 상대는 저놈이다."

"알겠습니다."

명을 받은 이석은 별다른 토를 달지 않고 유대웅에게 정중히 예를 표한 뒤 철산객을 향해 걸음을 옮겼다.

"아, 아니, 철산객은⋯⋯."

제법 날카로운 기세를 보이고는 있어도 항평과 같은 강력한 느낌을 받지 못한 동방립이 걱정스런 눈길로 바라보자 유대웅이 가볍게 고개를 흔들었다.

"괜찮을 겁니다. 저리 약해 보여도 꽤 강한 녀석입니다."

"⋯⋯."

유대웅의 말에 동방립은 아무런 말도 할 수가 없었다.

무림십강을 능가한다는 유대웅이 그렇다면 그런 것이라

생각한 것이다.

"저는 누구를 상대해야 하는 것입니까?"

마독이 슬며시 물었다.

"하하! 왜 이러십니까? 그냥 알아서 하십시오."

유대웅이 손사래를 치자 마독이 너털웃음을 흘리며 고개를 끄덕였다.

"그러지요."

유대웅처럼 쓰윽 전장을 훑어본 마독의 신형이 천천히 움직였다.

그가 목표로 한 사람은 음습한 기운을 뿜어내며 혈룡승천대원들의 목숨을 위협하고 있던 귀견이었다.

"귀견은 지독한 놈입니다. 잔인한 손속으로 따지자면 혈음마검조차 따라오지 못할 정도로……."

동방립의 말은 이번에도 이어지지 못했다.

"한때는 천하제일살수라 불리던 분이었습니다. 귀견이라 했습니까? 지금 이 순간 이후 그리 불리는 자는 없을 것입니다."

너무도 자신만만한 유대웅의 태도에 동방립은 그저 알아들었다는 듯 고개를 끄덕일 뿐이었다.

"그나저나 저렇게 무식하게 들이쳐서야 언제 목표에 도착할까."

유대웅은 다가오는 적들을 교묘히 회피하며 목표를 향해 이동하는 이석, 마독과는 달리 적진 한가운데를 힘으로 뚫고 들어가는 항평의 무모함에 혀를 찼다.

항평 역시 포위망에 갇혀 조금은 당황하는 것 같았다.

"항평."

유대웅이 항평을 불렀다.

포위망을 뚫기 위해 치열하게 검을 휘두르던 항평의 고개가 홱 돌려졌다.

"창을 따라가라."

대답이 들려오지는 않았지만 항평이 알아들었다는 것을 확인한 유대웅이 초진창을 들었다.

유대웅이 조화신공을 운용하기 시작하자 그의 몸에서 압도적인 기세가 피어올랐다.

입을 쩍 벌린 동방립이 뒤로 한 걸음 물러나 두 눈을 부릅뜨고 유대웅을 바라보았다.

"타합!"

힘찬 기합성과 함께 초진창이 항평, 아니, 정확히는 혈음검마를 향해 엄청난 속도로 폭사되었다.

팔뢰진천의 다섯 번째 초식 회류통천(廻流通天)이었다.

엄청난 회전이 걸린 초진창은 주변으로 거대한 회오리를 일으키며 걸리는 모든 것을 닥치는 대로 파괴했다.

유대웅과 혈음검마 사이에 일직선으로 통로가 하나 만들어지고 이미 만반의 준비를 하고 있던 항평이 초진창이 만든 길을 따라 질주하기 시작했다.

"저! 저!"

혈음검마 곁을 지키고 있던 이들은 자신들을 향해 맹렬히 날아드는 초진창을 보며 기겁을 했다.

하지만 혈음검마는 달랐다.

"감히 노부에게 이따위 짓을!"

오연한 자세로 검을 치켜든 혈음검마가 초진창을 향해 검을 움직였다.

꽝!

거대한 충돌음이 전장을 뒤흔들고 깜짝 놀란 이들이 소리의 근원을 찾아 고개를 돌렸을 때 그들은 믿어지지 않는다는 얼굴로 뒷걸음질 치는 혈음검마를 보았다.

다행히 검을 놓치지는 않았으나 충격을 이기지 못한 혈음검마의 손바닥은 이미 걸레조각처럼 변해 있었다.

"이럴 수가!"

단 한 번의 충돌로 힘의 차이를 명확히 깨달은 혈음마검은 창이 날아온 방향을 따라 고개를 돌렸다.

그리고 볼 수 있었다.

창의 주인, 아니, 창으로 인해 만들어진 길을 따라 달려온 거구의 사내를.

유대웅이 만들어진 길을 따라 달려온 항평이 혈음마검을
향해 검을 휘둘렀다.

패왕칠검의 세 번째 초식 십방일단.

모든 방위를 차단하고 짓쳐 드는 검을 보며 혈음마검은
이를 악물고 검을 들었다.

손아귀에 힘이 들어가지 않았지만 모든 방위를 차단하고
밀려드는 검을 피할 방법이 없었기에 우선 막고 봐야 했다.

꽝! 꽝! 꽝!

연이어 세 번의 충돌이 일어났다.

일검에 무릎이 꺾였고, 이검에 칠공에서 피가 터졌으며
삼검에 그대로 목이 날아갔다.

눈 깜짝할 사이에 혈음마검의 목숨을 취한 항평은 그다
지 만족스런 얼굴이 아니었다.

승리를 거뒀지만 온전히 자신의 힘이 아니었다는 것을
그는 알고 있었다.

사실 항평의 무위가 뛰어나기는 해도 혈음마검의 실력을
감안했을 때 이토록 쉽게 당할 인물은 결코 아니었다.

다만 첫 충돌이 있기 전, 혈음마검의 손은 유대웅으로 인
해 이미 검을 잡을 수 없을 정도로 엉망이 된 상태였는데
때마침 들이친 항평의 공격에 미처 몸을 수습하기도 전에

들이친 공격에 속수무책으로 당하고 만 것이다.

혈음마검과 적진에선 땅을 치고 통탄할 일이었으나 상대편 수장의 목이 떨어지는 것을 본 혈룡승천대의 하기는 하늘을 찌를 듯 치솟았다.

게다가 혈음마검에 이어 마독의 검에 귀견이, 철산객마저 이석에게 목숨을 잃자 전세는 완전히 기울고 말았다.

음살단주 왕융(王隆)과 섭혼귀창이 전세를 되돌리기 위해 필사적으로 애를 썼지만 그들마저 갑작스레 들이닥친 유대웅에 의해 변변한 대항도 해보지 못하고 목숨을 잃고 유대웅의 일검에 무려 열 명이 넘는 동료가 싸늘한 주검으로 변하는 것을 지켜본 음살단은 완전히 전의를 상실하고 말았다.

그런 상황에서 동방립이 항복을 하면 목숨을 보장하는 것은 물론이고 지금까지의 일에 대한 책임을 일체 묻지 않겠다는 삼태상의 전언을 전하면서 싸움은 그대로 끝이 나고 말았다.

"고맙습니다. 정말 이 은혜를 뭐라 말씀을 드려야 할지 모르겠습니다."

수하들이 전장을 수습하는 사이 동방립은 유대웅을 향해 머리가 땅에 닿을 정도로 허리를 숙이며 감사의 인사를 했다.

"생각보다 빨리 정리가 돼서 다행입니다. 많은 피를 보지도 않았고요."

"예. 이 모든 것이 맹주님과 여러분들 덕입니다."

"아닙니다. 다들 열심히……."

가볍게 손사래를 치며 겸양을 하던 유대웅의 눈빛이 확 변하는가 싶더니 들고 있던 초진창을 좌측 숲을 향해 던졌다.

빛살처럼 날아간 초진창이 숲을 뚫고 들어가는 것과 동시에 외마디 비명이 터져 나왔다.

유대웅이 우아하게 호선을 그리며 돌아오는 창을 회수하는 사이 숲으로 달려간 항평과 이석이 심장이 관통당하여 죽은 사내의 시선을 끌고 나왔다.

"한 놈은 달아났군."

유대웅이 착 가라앉은 눈빛으로 숲을 바라보았다.

"단순한 세작으론 보이지 않는군요."

마독이 시신을 살피며 말했다.

"예. 그런 것 같습니다. 혹 알 만한 자들입니까?"

유대웅이 동방립에게 물었다.

"잘 모르겠습니다."

마독과 함께 시신을 살피던 동방립이 고개를 흔들었다.

"혹 그들이 아닐까 싶습니다."

"예. 그들인 것 같군요. 예상대로 상당한 뛰어난 자들처럼 보입니다."

마독의 말에 고개를 끄덕이는 유대웅의 표정은 과히 밝지 않았다.

비록 상당한 거리가 있었고 전력을 펼친 것은 아니지만 설마하니 섬전추룡의 초식을 피해 달아나리라곤 전혀 생각을 못했기 때문이었다.

*　　　*　　　*

"대, 대주!"

문이 벌컥 열리며 뛰쳐들어오는 용곤(龍坤)의 모습을 확인한 한경이 자리를 박차고 일어났다.

"무슨 일이야?"

"다, 당했어."

"당해? 누구한테? 유대웅?"

한경이 비틀거리는 용곤의 몸을 안아들며 물었다.

"그래. 유, 유대웅에게 당했다."

"용진(龍振)은? 동생도 함께 같잖아."

"주, 죽었어."

"죽… 어?"

한경이 멍한 얼굴로 물었다.

용곤이 힘없이 고개를 끄덕였다.

"어쩌다가 당한거야? 내가 조심하라고 누누이 일렀잖아. 결코 만만한 자가 아니라고!"

답답함을 이기지 못한 한경이 버럭 소리를 질렀다.

"충분히 조심은 했다. 대주 말대로 완벽하게 은신을 하고 싸움을 지켜봤지. 그런데……."

"그런데 왜? 어째서 이 꼴이 된 거야?"

"그놈은 인간이 아니야. 무려 이십 장이 넘는 거리에 은신해 있는 우리를 정확히 간파하고 창을 날렸어. 솔직히 난 창이 날아오는 것도 파악하지 못했지. 용진이 숲을 향해 날아오는 한줄기 섬광을 발견하고 소리치지 않았다면 우린 함께 죽었을 거다. 병신같이 먼저 발견한 놈이 피하지도 못하고."

의자에 털썩 주저앉은 용곤은 동생의 죽음이 마치 자신 탓이라도 되는 듯 고개를 숙이고 자책했다.

"어깨는 어때?"

한경이 피투성이로 변한 왼쪽 어깨를 가리키며 물었다.

"좋지 않아. 별다른 감각이 느껴지지 않는 것을 보면 아무래도……."

한경이 곁에 있던 부대주에게 눈짓을 보냈다.

부상을 확인한 사마조(司馬부)가 고개를 흔들었다.

"음."

침음을 흘린 한경이 입술을 꽉 깨물며 물었다.

"놈의 실력은 확실히 본거야?"

"봤다."

"언제? 아니, 그전에 싸움은 어찌 되었지?"

"유대웅과 그의 수하들이 개입하면서 순식간에 끝났다."

"흠, 유대웅이 데리고 온 수하들의 수가 그리 많았던가? 그런 정보는 없었는데."

사마조의 말에 용곤이 힘없이 고개를 흔들었다.

"아니. 정작 싸움에 끼어든 사람은 유대웅을 포함해서 네 명에 불과했다."

"말도 안 돼! 그런데 그렇게 쉽게 싸움이 끝났단 말이냐? 음살단이 움직였다면서? 음살단의 인원이 얼만데……."

사마조는 너무 놀라 말을 잇지도 못했다.

"아무리 많아도 소용없었다. 그들은 정확하게 음살단을 이끌고 온 수뇌들만 노렸어. 그리고 눈 깜짝할 사이에 제거를 했지. 직접 보고도 믿기지 않을 정도로 엄청난 광경이었다. 가령 대주와 부대주와 각 조장들이 제대로 대항도 못하고 순식간에 쓰러졌다고 생각해봐. 아무리 군림대라고 해도 감당하기 쉽지 않을 거다."

"……."

한경과 사마조는 침묵했다.

"그렇게 지휘관들이 쓰러뜨린 후, 유대웅은 음살단을 공격했다. 단 한 번의 공격에 음살단은 무기를 버리고 그대로 항복을 해버렸다. 동방림이 나서 설득을 하고 회유도 했지만 내가 보기엔 그들이 항복한 진짜 이유는 오직 하나야."

단 일검에 음살단 십여 명을 날려 버리는 유대웅의 신위를 떠올린 용곤이 몸을 떨었다.

"두려움과 공포. 그 많은 인원이 단 한 명에게 두려움을 느끼고 공포감을 가진 것이지."

무거운 침묵이 방안을 휘감았다.

"일났군."

한경이 한참 만에 침묵을 깼다.

"이거 잘못 걸려도 아주 제대로 잘못 걸린 것 같다. 이이제이? 젠장, 계획은 둘째치고 우리까지 박살 나게 생겼잖아. 다들 알다시피 아무래도 놈들 제거하라는 명이 떨어질 것 같은데 말이야."

"솔직히 소문은 들었지만 이 정도일 줄은 상상도 하지 못했어."

용곤이 고개를 설레설레 내저었다.

"그래도 어쩔 수 없잖아. 명이 떨어지면 따라야지."

사마조가 한숨을 내뱉었다.

"네가 보기엔 어때? 붙으면 이길 수는 있을 것 같아?"

한경이 물었다.

"일대일로?"

"그건 미친 거고."

"포위를 해서 공격을 한다면 당연히 이길 수는 있겠지. 하지만……."

용곤이 말끝을 흐렸다.

"관두자. 표정을 보니 겁나서 듣지 못하겠다. 아무튼 상상 이상으로 강한 상대라는 것만은 확실하잖아."

"그렇지."

"본가의 대업을 위해서 반드시 없애야 하는 인물이고."

대업이란 말에 용곤과 사마조의 눈빛이 달라졌다.

한경의 입가에도 섬뜩한 웃음이 지어졌다.

"그럼 결론은 하나네. 우리 모두가 죽더라도 반드시 놈을 제거해야 한다는 것."

*   *   *

"막아랏! 저 미친놈들에게 우리 호혈단이 지닌 힘을 마음 껏 보여줘라."

호혈단주 촉천의 외침에 크게 호응을 한 대원들이 노도 처럼 밀려드는 광혼단을 향해 달려갔다.

"크크, 어디에 숨어 있나 싶었는데 바로 여기 있었구나."

호혈단을 보며 광혼단주 혁련월이 괴소를 터뜨렸다.

"광혼단!"

혁련월의 외침에 광혼단원이 일제히 함성을 내질렀다.

"모조리 죽여라."

"와아!"

일차 관문을 단숨에 뚫어낸 광혼단의 사기는 하늘을 찌를 정도였다.

게다가 상대가 다른 아님 호혈단.

절로 피가 들끓었다.

그렇잖아도 혈사림 내에서 가장 사이가 좋지 않았던 광 혼단과 호혈단이 정면으로 맞붙자 그 치열함은 뭐라 표현 할 길이 없었다.

"냉정해라. 미친놈들이 미쳐 날뛴다고 그 기세에 휩쓸리 며 감당하기 힘들다. 대열을 갖추고 침착함을 유지해!"

촉천이 좌측에서 파고드는 광혼단원을 일검에 베어버리 고 목청을 높였다.

호혈단과 광혼단이 연무장을 가득 채우고 뒤엉켜 싸우기를 일각여, 승부는 쉽게 나지 않았다.

개개인의 실력도 그렇고 수하들을 다루는 단주들의 지휘력 또한 우열을 가리기가 힘들 정도였다.

후미에서 이를 지켜보던 독안마가 인상을 찌푸렸다.

생각보다 너무 시간이 지체되고 있었다.

"소진."

"예. 림주님."

"너무 시간이 걸린다."

"조치를 취하겠습니다."

소진이 공손히 허리를 굽히고 물러난 뒤, 독안마 진영에서 새로운 움직임이 일었다.

검은 옷에 검은 두건을 쓴 무리들이 쏟아져 나오더니 날개를 펼치듯 호혈단을 에워쌌다.

"암혼단(暗魂團)!"

촉천의 얼굴에 당황한 빛이 역력했다.

광혼단을 막는 것도 상당히 버거운 일인데 암혼단까지 참전을 한다면 전멸을 당하는 것은 눈 깜짝할 사이의 일이었다.

"공격하랏!"

암혼단주의 명이 떨어지는 것과 동시에 무수한 암기가

혈단원을 노리며 날아들었다.

암혼단이 뿌린 암기는 광혼단을 교묘하게 피하며 호혈단원의 목숨을 하나둘 빼앗아 가기 시작했다.

"크억!"

"컥!"

갑작스레 날아든 암기에 맞은 호혈단원들이 외마디 비명을 지르며 쓰러졌다.

쓰러지는 것과 동시에 경련을 하며 숨이 끊어지는 것을 보면 암기에 극독이 발라져 있는 것이 틀림없었다.

"빌어먹을! 암기를 조심해라."

촉천이 자신을 향해 날아드는 암기를 쳐 내며 소리쳤다.

하지만 암기는 암기대로 눈앞의 적은 눈앞의 적대로 신경을 써야 했던 호혈단원들은 속수무책일 수밖에 없었다.

호혈단을 공격하는 광혈단의 손속에는 인정사정이 없었다.

"으아아악!"

"크아악!"

연인어 비명이 터져 나오는 수하들의 비명 소리에 촉천의 얼굴이 참담하게 일그러졌다.

바로 그때였다.

뒤쪽에서 함성이 터져 나오며 원군이 도착했다.

"버러지 같은 놈들! 배신자들이 어디서 설치느냐!"

유덕강이 비사단(飛蛇團)을 이끌고 온 것이었다.

"모조리 쓸어버려라!"

명을 받은 비사단의 목표는 암혼단.

비록 무수한 암기로 무장한 암혼단이었지만 접근전에서 비사단이 상대가 될 수 없었다.

"와아!"

암혼단의 등장에 절망하고 있던 호혈단에서 안도의 환호성이 터져 나왔다.

"드디어 나타나셨군."

유덕강의 모습을 확인한 독안마가 이를 뿌드득 갈며 고개를 돌렸다.

그의 뒤에는 삼태상과 등을 돌린 장로들과 사십사군들이 늘어서 있었다.

사실 삼태상과 독안마의 세력이 차이가 난다는 것은 단순히 병력의 차이가 아니라 혈사림의 진정한 힘이라 할 수 있는 장로들과 사십사군이 삼태상에 비해 상대적으로 독안마에 많이 쏠렸다는 것을 의미했다.

유덕강과 같이 모습을 드러낸 장로들과 사십사군이 십여 명에 불과한 것에 비해 독안마 주변을 지키는 인원은 근 삼십에 이르렀다.

숫자상으로 단순히 두 배 차이였지만 전력으로 따지자면 비교도 되지 않는 큰 차이였다.

"태상과 좌상이 큰 부상을 당했다더니만 사실인 모양입니다."

현음상인(玄玄上人)이 특유의 웃음소리를 흘리며 말했다.

"겨우 목숨만 부지하고 있을 뿐이지. 곧 뒈질 걸세."

독안마가 코웃음을 치며 말했다.

"하면 우상만 쓰러뜨리면 이 싸움은 끝이라는 말이군요."

"주변의 몇 놈도 있기는 하지만 뭐, 대충 그렇겠지. 그걸 자네들이 해줘야겠어."

독안마의 말이 끝나기가 무섭게 차고육(車高陸)이 시검창을 가리키며 말했다.

"저놈은 노부가 맡겠소."

평소 둘 사이가 좋지 않다는 것을 알고 있던 이들은 침묵으로 그의 요구를 들어주었다.

"그럼 저 늙은이는 내 차지군."

현현상인이 잔양검(殘陽劍) 종무외(鍾無畏)를 노려보았다.

"이거 혈영노괴가 없는 것이 아쉽군. 이 기회에 노부가 갈고 닦은 참룡부의 절기를 보여주는 것인데 말이야."

해억(海抑)이 커다란 도끼를 흔들며 소리쳤다.

하지만 그의 말에는 대다수가 조롱의 눈빛을 보냈으니 같은 장로의 반열이라 해도 혈영노괴의 실력은 해억 따위가 감히 따르지 못할 정도로 막강하다는 것을 익히 알고 있기 때문이었다.

"본좌도 놀고 있을 수는 없지."

독안마가 유덕강을 상대하기 위해 움직이려 하자 현현상인이 그를 말리고 나섰다.

"왜 그러나?"

"우선은 저희에게 맡기시고 림주께선 대미를 장식하시지요."

"그, 그럼 그럴까?"

현현상인의 입에서 림주라는 말이 흘러나오자 독안마의 입이 함지박만 하게 벌어졌다.

주변 수하들에게야 림주라는 칭호를 강요하고 있었지만 장로나 사십사군 등에겐 낯이 뜨거워서라도 아직 언급하지 못하고 있었기 때문이었다.

그런데 장로인 현현상인이 서슴없이 림주라 칭해주니 어깨에 절로 힘이 들어갔다.

"그럼 부탁하겠소."

독안마가 점잔을 빼며 말을 하자 다들 예를 표하며 전장을 나섰다.

전장으로 나서는 그들의 표정이 참 재미있는 것이 처음
부터 독안마를 따랐던 몇몇을 제외하고는 머리를 굽히면서
도 누구 하나 그를 진심으로 대하는 사람이 없는 것 같았
다.

*   *   *

한창 치열한 전투가 벌어지는 혈사림 총단의 좌측 외곽.

동방립이 이끄는 혈룡승천대와 그들을 공격했다가 오히
려 항복을 한 음살단이 은밀히 도착했다.

"그대들이 검혈단을 맡아주어야겠소."

"맡겨만 주십시오."

왕융을 대신해 음살단을 이끌고 있는 부단주 형극(刑剋)
이 자신만만한 얼굴로 대답했다.

유대웅을 통해 천추세가의 음모를 낱낱이 알게 된 음살
단은 혈룡승천대보다 더욱 전의를 불태우고 있었다.

"반격할 틈을 주면 안 될 것이오. 이석."

"예. 맹주님."

"검혈단을 이끄는 자는 사무연이라는 놈이다. 가장 먼저
척살해야 한다."

"염려 마십시오."

이석이 힘차게 허리를 꺾으며 대답했다.

"장로님께서 뒤를 봐주십시오."

"알겠습니다."

마독에게 당부를 한 유대웅이 잔뜩 기대에 찬 항평을 보곤 피식 웃었다.

"미안하지만 이번 일의 주역은 네가 아니라 내가 되어야 할 것 같다."

"예?"

"많은 피를 보면 볼수록 좋아하는 놈들은 천추세가야. 그걸 막기 위한 방법은 하나뿐이지."

항평이 궁금하다는 표정을 짓자 유대웅이 답답하다는 듯 고개를 흔들었다.

"독안마만 잡으면 끝나는 싸움이란 말이다."

"아! 그렇군요."

"하지만 접근하기만 만만치는 않을 거다. 명색이 한 세력의 수장이니까."

유대웅이 동방립에게 고개를 돌렸다.

"걱정 마십시오. 확실하게 안내해 드리겠습니다."

이미 사전 교감이 있었는지 동방립이 결연한 표정으로 말했다.

"부탁하지요. 그리고 너는……."

유대웅이 항평의 귀를 잡았다.

그리곤 더없이 신중한 얼굴로 둘만의 계획을 짜기 시작했다.

잠시 후, 항평이 빨개진 귀를 비비며 숙였던 몸을 일으키자 모두의 시선이 유대웅에게 향했다.

가만히 심호흡을 한 유대웅이 혈사림이 떠나가라 소리를 쳤다.

"공격하랏!"

명을 받은 음살단이 튕기듯 뛰쳐나갔다.

그들이 노리는 목표는 후미에서 대기 중이던 검혈단이었다.

비록 혈룡승천대를 공격했다가 크게 패퇴했다고는 하지만 여전히 상당한 전력을 자랑하는 검혈단은 처음부터 독안마의 세력이 아니라 인면호리를 따르다 새롭게 독안마의 품에 안긴 자들이었다.

한마디로 천추세가의 계략에 따라 독안마에 힘을 실어준 것이었다.

가장 앞장서 수하들을 이끄는 형극의 눈에는 천추세가에 농락당했다는 원한 때문인지 불꽃이 일어났다.

"놈들에게 제대로 보여주자. 우리가 천추세가에 붙어먹

은 개만도 못한 놈들을 어찌 처결하는지를!"

형극이 난데없이 들이친 음살단을 보며 당황하는 검혈단
원들을 닥치는 대로 주살하며 소리쳤다.

호천단의 수하들을 이끌고 중간 지점에서 형극을 뒤따르
던 이석은 형극의 신호로 사무연이 누군지 확인을 했다.

"가자."

짧게 명을 내린 이석이 사무연을 향해 직선으로 나아갔
다.

막아서는 적들은 음살단이, 그리고 호천단원들이 해결을
했다.

"사무연?"

"네놈은 누구냐?"

사무연의 물음에 이석은 검으로써 대답을 대신했다.

깜짝 놀란 사무연이 황급히 몸을 틀어 회피하며 곧바로
역공을 펼쳤으나 이미 그의 움직임을 예측하고 있던 이석
은 어느새 그의 우측을 파고들며 옆구리에 적지 않은 부상
을 안겼다.

"크흑!"

사무점이 고통스런 표정을 지으며 물러났다.

"그, 그러고 보니……."

힘겹게 중심을 잡으며 이석을 노려보던 사무점은 그가

혈룡승천대를 공격할 때 난입했던 이들 중 한 명이라는 것을 기억해냈다.

"바로 네놈들이구나!"

치열하게 부딪치는 무기들의 충돌음과 살의로 가득한 외침, 함성으로 뒤덮인 혈사림.

곳곳에서 처참한 비명이 들리고 무수한 이가 피를 뿌리며 쓰러지고 있었다.

그런 처절한 전장의 중심을 향해 질주하는 이들이 있었다.

숫자는 오십이 채 되지 않았지만 기세만큼은 가히 태산을 무너뜨릴 정도로 압도적인 이들은 다름 아닌 혈룡승천대였다.

혈룡승천대의 목적은 오로지 유대웅이 중앙에 진을 치고 있는 독안마를 무사히 만날 수 있도록 길을 뚫는 것이었다.

음살단이 공략하고 있는 검혈단을 순식간에 지나친 혈룡승천대를 막기 위해 좌우에서 병력이 몰려들었다.

하지만 혈룡승천대는 개의치 않았다.

쐐기형의 돌격진을 구축한 그들은 오로지 한 점에 모든 힘을 집중하여 질주했다.

당황한 이들이 소리를 지르며 그들을 막아서려 했으나

최고조에 이른 혈룡승천대의 기세를 막기엔 역부족이었다.

두 번째 방어선도 순식간에 뚫렸다.

멀리 독안마의 모습이 살짝 보이는 것 같기도 했다.

"얼마 남지 않았다. 힘을 내라!"

동방립이 수하들을 독려했다.

방어선을 뚫는 과정에서 부상을 당한 것인지 목덜미에서 피가 흘렀으나 신경 쓸 틈도 없었다.

"막아랏! 놈들을 막아!"

뒤쪽에서 일어나는 소란을 살피기 위해 다가왔던 소진이 불같이 화를 내며 소리쳤다.

사실 혈룡승천대의 숫자라고 해봐야 전세에 전혀 영향을 끼칠 수준이 아니었으나 중요한 것은 그들이 지금 이 자리에 있다는 것 그 자체였다.

계획대로라면 그들은 결코 이곳에 모습을 드러낼 수가 없었다.

뭔가 모를 불안감이 전신을 휘감았다.

소진의 명에 따라 중앙은 물론이고 좌우에서도 혈룡승천대를 막기 위해 병력이 몰려들었다.

음살단이나 호혈단에 비해 정예라고는 할 수 없었으나 그들 역시 혈사림의 무인들 개개인이 상당한 실력을 지니고 있었다.

결국 혈룡승천대의 발걸음이 멈춰지고 말았다.

사방에서 밀려오는 병력에 의해 금방이라도 몰살을 당할 것만 같았다.

그런 절체절명의 순간, 혈룡승천대의 중앙에서 전장을 쩌렁쩌렁하게 울리는 일성이 터져 나왔다.

"독안마는 어디에 있느냐!"

혈룡승천대원들 사이에 몸을 숨기고 있던 항평과 유대웅이 모습을 드러냈다.

항평이 유대웅을 바라보았다.

유대웅이 묵묵히 고개를 끄덕였다.

검을 곧추세운 항평이 앞으로 내달리기 시작했다.

힘겨운 표정이 역력한 가운데에서도 혈룡승천대는 거대한 함성으로 그의 선전을 기대했다.

삽시간에 몰려들어 항평을 포위하는 혈사림의 무인들.

"꺼져라!"

우렁찬 외침과 함께 항평의 손에서 패왕칠검이 펼쳐졌다.

그것도 가장 강맹하다는 후삼초의 절기들이었다.

추풍낙엽이었다.

항평에게 달려들었던 자들은 제대로 비명도 지르지 못하고 온몸이 갈가리 찢긴 채 숨이 끊어졌다.

"저! 저!"

소진의 입이 쩍 벌어졌다.

지금껏 수많은 고수를 보아왔고 그들의 무공을 견식했지만 단언컨대 지금 항평이 펼치는 검법만큼 패도적인 무공은 결코 본 적이 없었다.

"여, 연수합격진을 구축하라!"

누군가의 입에서 다급한 명령이 흘러나왔다.

항평의 힘에 압도당한 채 물러나기 급급했던 자들이 하나둘 짝을 지어 검진을 형성했다.

순식간에 십여 개의 검진이 항평을 포위했다.

비로소 안도의 한숨을 내쉬는 소진.

그러나 항평은 자신을 에워싸고 있는 검진 따위는 신경도 쓰지 않았다.

혈사림의 무인들이 펼치는 검진은 어딘지 모르게 어색했다.

지금과 같은 상황에 대비해 평소 수련을 하기는 했어도 갑작스레 펼치는 것이고 함께 연습을 한 동료들을 찾을 시간도 없었기에 호흡에 문제가 있을 수밖에 없었다.

태산처럼 밀려드는 항평의 패왕칠검이 그것을 확실하게 일깨워 주었다.

꽝! 꽝! 꽝!

항평의 검에서 패왕칠검의 마지막 노룡봉천이 펼쳐지자 거대한 폭음이 연속적으로 터져 나왔다.

"크아악!"

"사, 살려줘!"

패왕칠검의 무지막지한 위력에 그대로 노출된 혈사림의 무인들은 처절한 비명과 함께 속절없이 목숨을 잃고 말았다.

"이, 이럴 수가!"

소진의 두 눈이 경악으로 물들었다.

그의 눈에 피친 항평의 모습은 불교에서 말하는 아수라(阿修羅) 그 자체였다.

하지만 멈출 것 같지 않았던 항평의 기세는 독안마의 주변을 지키던 고수들이 대거 달려오며 한풀 꺾이고 말았다.

내력 소모가 큰 후삼초의 절기들을 연거푸 내뿜은 항평은 지친 기색이 역력했다.

게다가 상대는 혈사림의 장로와 사십사군들. 한 명도 쉬운 상대는 없었다.

노 고수들에게 포위당한 채 어깨를 들썩이며 거친 숨을 내뱉던 항평이 갑자기 광소를 터뜨렸다.

"크하하하! 나의 임무는 이것으로 완수한 것 같습니다."

그 말이 끝나기가 무섭게 혈룡승천대의 무리에서 또 한

명의 거구가 튀어나왔다.

지금껏 침묵을 지켜오던 유대웅이었다.

모습을 보였다고 여기는 순간, 그의 신형은 이미 항평의 코앞에 이르고 있었다.

그야말로 절정의 암향표였다.

항평이 몸을 빙글 돌리며 한쪽 무릎을 꺾었다.

유대웅의 거대한 몸이 그의 어깨를 밟고 하늘로 치솟았다.

"애썼다."

항평은 스쳐 지나가는 유대웅이 자신에게 하는 말을 듣고는 활짝 웃었다.

그 한마디에 피곤이 싹 가시는 느낌이었다.

우우우웅!

거대한 장소성이 혈사림을 뒤흔들었다.

모든 이의 눈이 허공으로 치솟은 유대웅에게 향했다.

조화신공을 극성으로 끌어올린 유대웅, 그의 손에 들린 초진창이 어느새 활활 불타오르고 있었다.

불꽃에 휩싸인 초진창이 유대웅의 손을 떠났다.

독안마를 향해 일직선으로 날아가는 초진창.

한데 하나가 아니었다.

하나가 둘이 되고, 둘이 넷이, 다시 여덟이 되어 순식간에 온 천하를 초진창의 잔영으로 뒤덮으니 팔뢰진천의 여섯 번째 초식 화룡만공(火龍滿空)은 그렇게 천년의 시공을 훌쩍 뛰어넘어 세상에 모습을 드러냈다.

第四十一章
기나긴 밤

시비가 간단한 차를 준비하는 사이 한호가 간단히 의복을 차려입고 나왔다.

약간은 부스스한 얼굴에 연신 하품을 하는 모양새가 막 잠에서 깬 모습이었다.

"이 늦은 밤에 무슨 일입니까, 사부?"

한호가 졸린 눈을 비비며 물었다.

축시(丑時:새벽1~3시)가 넘어간 시간에 자신을 찾아왔다는 것은 그만큼 심각한 문제가 발생했음을 의미했지만 한호는 평상시와 전혀 다를 것 없는 태도였다.

"문제가 발생했습니다."

소숙이 심각한 얼굴로 대답했다.

그 역시 의복조차 제대로 갖추지 못한 것을 보면 한호와 마찬가지로 잠자리에 들었다가 이제 막 일어난 사람 같았다.

"문제가 생겼겠지요. 그것도 심각한 문제가. 그러니 이 야심한 시각에 저를 찾아오셨겠지요."

시비가 따라놓은 찻잔을 들이켜고 머리를 두어 번 돌리는 것으로 잠에서 완전히 깨어난 한호가 안절부절못하고 있는 모진을 힐끗 살피며 물었다.

"그래, 무슨 일이 벌어진 겁니까?"

"유대웅이 나타났습니다."

"유대웅이요?"

한호의 눈빛이 반짝 빛났다.

유대웅이란 이름은 적임을 떠나 그에겐 언제나 반가운(?) 이름이었다.

"그렇습니다."

"어디에 나타났는지 말씀을 하지 않으셨습니다."

한호가 다시금 찻잔을 집으며 말했다.

길게 한숨을 내쉰 소숙이 모숙을 매섭게 노려보다 입을 열었다.

"오늘 아침, 혈사림에 나타났다고 합니다."

막 찻잔을 입에 대던 한호의 동작이 그대로 멈췄다.

"혈… 사림에요?"

되묻는 한호의 음성이 살짝 떨렸다.

천하태평인 한호마저 놀랄 정도로 유대웅의 출현은 놀라운 것이었다.

"그렇습니다."

"대체 무슨 이유로… 아니, 이유를 묻는 것이 바보겠군요."

한호가 쓰게 웃으며 고개를 흔들었다.

"자세한 설명을 듣고 싶습니다."

한호의 말이 끝나기가 무섭게 소숙의 호통 소리가 터져 나왔다.

"뭘 하고 서 있느냐? 당장 이곳으로 와서 자세하게 설명을 하지 못할까!"

벼락같은 호통에 그렇잖아도 잔뜩 주눅이 들어 있던 모진의 몸이 움찔거렸다.

한호가 모숙의 얼굴을 살폈다.

하얗게 질린 얼굴하며 연신 식은땀까지 흘리는 것을 보면 이미 당할 만큼 당한 뒤 자신을 찾은 모양이었다.

"쯧쯧, 적당히 하시지요."

한호가 소숙을 책망했다.

"적당히 할 사안이 아니었습니다. 이런 문제를 어찌 적당
히 넘길 수 있단 말입니까? 마음 같아서 아예……."

생각만으로도 화가 나는지 소숙은 아예 입을 다물어 버
렸다.

"대체 어떻게 된 거야?"

한호가 부드럽게 웃으며 물었다.

"그, 그러니까 자정이 막 지날 무렵, 혈사림에 계신 인허
장로께서 지급(至急:매우 급함)으로 연락을 취해 오셨습니
다. 내용인즉슨 독안마의 병력이 혈룡승천대를 치는 과정
에서 정체를 알 수 없는 괴인들이 등장해 실로 막강한 무공
으로 혈룡승천대를 구했다는 것이었습니다. 한데 그들의
정체가 추측컨대 장강수로맹의 맹주 같다고 하며 당시 혈
룡승천대를 구한 네 명의 모습에 대해 자세한 설명을 보내
오셨습니다."

"그래서 결론이 유대웅이 맞다?"

"그, 그렇습니다. 인허 장로께서 보내주신 모든 특징이
유대웅과 일치합니다. 유대웅과 덩치가 비슷한 사내는 파
악이 되지 않았지만 나머지 두 사람은 그의 호위인 이석과
장로 마독으로 추측되었습니다."

"이석과 마독보다도 훨씬 뛰어난 고수가 있음에도 그들

만 데리고 혈사림으로 갔다는 것은 유대웅이 정말 작심을
했다는 것을 의미합니다."

한호가 고개를 끄덕였다.

"인허 장로가 곤란하게 되었군요."

"아마도 그리되리라 생각합니다. 이미 등장만으로도 일
이 틀어지고 있습니다."

소숙이 또다시 한숨을 내쉬었다.

"가주께서 말씀하신 대로 독안마의 세력을 확실하게 키
워 놓았습니다. 그리고 전갈을 보니 오늘을 시작으로 삼태
상과 대대적으로 충돌을 시킨 모양인데……."

"허참, 정말 절묘한 시점에 등장을 하였군요."

"예. 자칫하면 모든 계획이 어그러질 수도 있습니다."

"그럴 수도 있겠지만 독안마의 욕심과 능력에 따라 어찌
변할지는 또 모르는 일입니다."

"예. 하지만 정말 중요한 것은 장강수로맹의 맹주가 바로
그곳에 있다는 것이겠지요."

소숙의 눈빛이 차갑게 빛났다.

"취운각의 밥버러지들이 다른 사람도 아니고 유대웅의
움직임을 놓쳤다는 것은 정말 기가 막힐 노릇이지만 어쩌
면 전화위복(轉禍爲福)의 기회가 될 수도 있습니다."

"장강을 치시렵니까?"

한호가 물었다.

"아닙니다. 맹주가 직접 움직인 이상 장강수로맹은 이미 만반의 준비를 갖추었을 것입니다. 게다가 유대웅에 못지 않은 인물들도 있고요. 하고자 한다면 못할 것은 없지만 그 래도 장강을 치기엔 시간이 부족합니다."

"하면 유대웅이군요."

"맞습니다. 이 기회에 본가의 최대 숙적이 될 수 있는 그 를 제거해야 합니다."

"흐음."

한호가 상체를 의자 깊숙이 누이며 팔짱을 꼈다.

"이미 무림십강을 능가하는 무공을 지녔습니다. 또한 일 이 틀어졌다고 가정했을 때 혈사림의 개입도 생각을 해봐 야 합니다. 한데 가능하겠습니까?"

"군림대가 있지 않습니까?"

소숙의 말에 한호의 표정이 굳었다.

"군림대는 안 됩니다."

"그들이라면 유대웅을 잡을 수 있습니다."

"잡을 수는 있겠지요. 하지만 엄청난 피해를 감수해야 합 니다."

"어쩔 수 없지요. 유대웅은 분명 그만한 가치가 있습니 다."

"사부께서도 군림대가 본가에 어떤 의미가 있는지 아시지 않습니까?"

"압니다, 알지요. 녀석들 중 제 손을 거치지 않은 사람이 누가 있겠습니까? 나이가 사십이 넘어도 제게는 그저 어린 새끼 같은 녀석들입니다. 그래도 이번 기회를 놓쳐선 안 됩니다. 그와 장강수로맹은 본가의 가장 큰 적으로 성장할 것입니다. 아니, 지난번의 싸움으로 이미 숙적이 되었다고 해도 과언이 아니군요. 그런데 그런 강적을 제거할 좋은 기회가 생겼습니다. 다시는 만날 수 없을지 모르는 좋은 기회를. 군림대가 입을 피해가 걱정되시는 겁니까? 만약 이번 기회를 놓치시면 어쩌면 훨씬 더 큰 대가를, 수하들의 피를 치러야 할지 모릅니다. 그 피의 주인이 누가 될지는 하늘만이 알겠지요."

허리를 곧게 펴고 꼬장꼬장한 모습으로 입을 여는 소숙의 의지는 실로 단호했다.

소숙은 한호와 눈빛이 마주치자 아예 눈을 감아버렸다.

허락을 하지 않으면 한 발자국도 물러서지 않을 기세였다.

그런 소숙을 한참 동안이나 바라보던 한호의 입에서 안타까움으로 가득한 한숨이 흘러나왔다.

"마음대로 하십시오."

감겼던 소숙의 눈이 천천히 떠졌다.

"정말이십니까?"

"예. 마음대로 하십시오, 사부."

"알겠습니다. 가주께서 허락을 하셨으니 군림대에게 곧 바로 명을 내리겠습니다."

"그렇게 하세요."

힘없이 대답한 한호가 찻잔을 들다가 내려놓고는 시비를 불렀다.

"술을."

그런 한호의 모습에 가슴이 아팠지만 소숙은 내색하지 않았다.

곧바로 술상이 차려지고 술잔을 든 한호가 거푸 석잔의 술을 비웠다.

"어째 기나긴 밤이 될 것 같군요."

한호의 입가엔 쓸쓸한 미소가 걸렸다.

그런데 지금 이 순간, 어쩌면 그보다 훨씬 긴 밤을 보내야 하는 이들이 있었다.

*　　　*　　　*

화산 남천문(南天門).

천추세가의 위협 속에서 불안한 하루하루를 보내고 있는 화산파의 모든 제자가 남천문에 모인 것은 막 축시를 지날 무렵이었다.

제자들이 모여 있는 곳과 조금 떨어진 정자에 화산파의 수뇌들과 성운, 유대웅이 화산에 머물 때 장강수로맹과 연결고리 역할을 했던 하오문의 황소곤이 모였다.

"준비는 끝난 것인가?"

청구자의 물음에 황소곤이 공손히 대답했다.

"예. 일단 끝나긴 했습니다만 워낙 시간이 촉박하여 안전을 담보할 수는 없습니다."

"그래도 그대가 이리 무사히 올라온 것을 보며 큰 문제는 없어 보이는데."

청구자 부드러운 미소를 보였다.

"운이 좋았을 뿐이지요."

"그 운이 우리에게도 필요한 시점이라네. 각설하고 어느 정도의 시간이 걸릴 것 같은가?"

청구자의 물음에 황소곤이 고개를 돌려 남천문에서 대기하고 있는 화산파 제자들의 수를 살폈다. 어린 제자들의 수까지 모두 포함해도 육십이 채 넘지 않는 수였다.

"이 정도 인원이라면 날이 밝기 전에 도착할 수 있을 것 같습니다. 다만 문제는 저 위험한 길을 어린 제자들이 제대로 지날 수 있을지……."

"염려하지 말게. 어리긴 해도 화산파의 제자들이라네."

청진자가 조금은 날카로운 어조로 말했다.

"죄, 죄송합니다. 그런 뜻은 아니었습니다."

화들짝 놀란 황소곤이 황급히 머리를 숙였다.

그러자 오히려 민망해진 것은 청진자였다.

황소곤은 목숨을 걸고 화산파를 돕기 위해 온 인물로 몇 번을 고마워해도 모자랄 사람이었다.

"신경 쓰지 말게. 노부 또한 별다른 뜻이 있어 한 소리는 아니라네."

"괜찮다면 계속 얘기를 하도록 하지."

청구자의 말에 다시금 머리를 조아린 황소곤이 설명을 이어갔다.

"잔도(棧道)를 통해 하산에 성공하면 미리 대기하고 있는 말이 있습니다. 지금은 놈들이 낌새를 챌 가능성이 있어 다른 곳에 준비를 해두었지만 때가 되면 산 아래에 준비가 될 것입니다. 그 말을 타시고 곧바로 북상하셔서 위하(渭河)에 대기하고 있는 극호채의 배에 오르시기면 됩니다."

황소곤의 설명을 묵묵히 듣고 있던 정진 도장이 입을 열었다.

"하산에 성공만 하면 위하까지 결코 먼 거리는 아니네.

더구나 말을 타고 이동을 한다면 금방 도착할 수 있겠고. 다만 걱정이 되는 것이 하나 있네.

"말씀하십시오."

"우리가 이동할 수 있는 길은 사실상 외길이라고 할 수 있을 터. 혹여 놈들의 감시가 있지는 않겠나?"

"지난 열흘간 작업을 하며 살펴본 결과로 감시를 하는 자들은 없었습니다. 저들도 이곳에 새롭게 잔도를 낸다는 것은 생각하지 못한 듯합니다."

"하긴, 그럴 만도 하지. 잔도라니……."

완성된 잔도를 보았음에도 정진 도장은 아직도 믿기지 않는 얼굴이었다.

비록 기존의 잔도에 방향을 조금 바꾸어 이어붙인 것이라 해도 그 과정이 얼마나 위험하고 험했을지 가히 상상조차 되지 않았다.

"준비는 어느 정도 끝난 것 같으니 이제 출발을 하는 것이 좋겠습니다."

정진 도장의 말에 고개를 끄덕인 청구자와 청진자가 자리에서 일어났다.

"제가 먼저 앞장을 서겠습니다. 속도를 높이기 위해서라도 어린 제자분들만 따로 움직이지는 것은 좋지 않을 것 같습니다."

황소곤이 슬쩍 눈치를 보며 말했다.

"걱정하지 말게. 우리도 그 정도 융통성은 있다네. 자네 말대로 아직은 어리니까."

너털웃음을 터뜨린 청구자가 눈짓을 보내자 광진 도장이 제자들이 대기하고 있는 남천문으로 달려갔다. 그리곤 제자들에게 나이 어린 사제들을 제대로 챙기라 당부가 담긴 명을 내렸다.

"그럼 출발하겠습니다."

황소곤이 남천문과 낙안봉 사이의 절벽에 만들어진 잔도로 이동을 시작했다.

청구자를 필두로 화산파의 제자들이 조용히 그의 뒤를 따랐다.

황소곤은 잔도가 시작되는 지점에서 걸음을 멈췄다. 그리고 큰 주머니에서 천을 꺼내들며 말했다.

"조심, 또 조심해야 합니다. 제대로 집중을 하지 않거나 딴생각을 하면 목숨을 잃을 수가 있습니다. 그리고 이것을 입에 채우십시오."

황소곤이 건네는 것이 무엇인지 의아해하던 화산파의 제자들은 그것이 재갈이라는 것을 확인하곤 저마다 얼굴을 굳혔다.

한마디로 실수를 하여 절벽 아래로 추락을 하더라도 비

명 소리가 흘러나오지 않게, 남에게 피해를 주지 말고 혼자 죽으라는 뜻이었다.

"다소 과한 조치일 수 있으나 한 사람의 실수로 모두가 위험해 처해질 수 있습니다. 여러분을 무사히 모시고 가야 하는 제 입장을 이해해 주셨으면 합니다."

고개를 숙여 미리 사과한 황소곤이 보란 듯이 자신의 입에 재갈을 채웠다.

스스로 재갈을 채우는 모습에 아무도 입을 열지 못했다.

"그의 말이 맞다. 잔도로 이동하는 사람은 모두 재갈을 물어라."

청진자가 나직이 명을 내리는 것으로 모든 준비는 끝이 났다.

"밑에서 뵙겠습니다."

살짝 재갈을 뺀 황소곤이 청구자와 청진자에게 인사를 한 후, 다시 재갈을 물고는 제대로 보이지도 않는 잔도를 향해 조심스럽게 발을 내밀었다.

깜깜한 밤, 행여나 적들이 눈치를 챌까 횃불 하나를 밝히지 못했기에 오직 달빛 하나에 의지해서 손바닥만 한 넓이의 잔도를 걸어 내려가야 했다. 시작은 순조로웠다.

마치 오랫동안 그 길을 다녀본 사람처럼 황소곤의 발걸

음은 가볍기만 했다.

그의 뒤를 따르는 정진 도장 역시 별다른 어려움 없이 이동을 했고 그건 다른 제자들 또한 마찬가지였다.

문제는 황소곤의 예상대로 나이 어린 제자들이었다.

이제 겨우 열 살 전후의 어린 제자들은 그래도 처음엔 집중을 하는 듯했으나 어느 순간부터 집중력을 잃고 자꾸만 실수를 하기 시작했다.

그때마다 앞에서, 뒤에서 도움을 주는 사형들 덕에 크게 다치거나 목숨을 잃지는 않았지만 지금 잔도는 과거부터 존재했던 잔도로 새롭게 만들어진 잔도보다 모든 면에서 편하고 안전한 잔도였다.

그런 잔도에서 계속된 실수가 나온다는 것은 사실상 새롭게 만든 잔도를 무사히 내려갈 가능성이 희박하다는 것을 의미했다.

황소곤이 뒤를 힐끗 돌아보며 한숨을 내쉬었다.

'일났군. 그렇다고 업고 내려갈 수도 없는 노릇이니.'

잔도가 버틸 수 있는 무게는 분명 한계가 있었기에 모험을 할 수가 없었다.

'하지만 이런 식이면 언제 무슨 사고가 날지 모른다.'

황소곤은 쉽게 결정을 내리지 못했다.

보다 못한 정진 도장이 입에 물었던 재갈을 살짝 내리며 한 가지 의견을 냈다.

"횃불이라도 밝히는 것이 어떤가?"

"적들에게 들킬 염려가 있습니다."

"자네도 알다시피 이쪽 절벽은 놈들의 감시에서 비교적 자유로운 곳이네."

"그래도 만에 하나라도 들키면 끝장입니다."

황소곤은 횃불을 밝히는 것에 상당히 회의적이었다.

하지만 공포에 짓눌린 어린 제자들의 모습에 정진 도장도 물러서지 않았다.

"제대로 건너지 못하는 것보다는 낫다고 보네. 아무리 주변에서 도와준다고 해도 본인이 느끼는 공포까지는 어쩔 수가 없어. 게다가 앞으로의 잔도는 지금과 비교도 할 수 없을 정도로 위험하다고 자네 입으로 말하지 않았는가."

"그렇긴 하지만……."

필요성을 인정하면서도 망설이는 황소곤을 향해 청구자가 말했다.

"횃불을 밝히도록 하세. 놈들이 우리를 발견한다고 해도 어차피 위로는 못 올라오지 않는가. 밑에서 기다리고 있다면 뭐, 한바탕 몸을 풀면 되는 것이겠지."

청구자는 한바탕 몸을 풀기만 하면 되는 것이 아니라 몰살당할 각오를 해야 한다는 것을 알고 있었지만 공포에 떨고 있는 어린 제자들을 그냥 두고 볼 수 없었기에 횃불을 밝히는 것으로 결정을 내렸다.

내심으로야 절대로 찬성할 수 없는 일이었지만 황소곤은 청구자의 말을 거부할 수 없었다.

횃불은 아직 잔도에 발걸음을 내딛지 않은 망진 도장과 그의 제자들이 준비했다.

후미에서 횃불이 전달되고 다시 이동이 시작되었다.

확실이 횃불의 위력은 컸다.

실수를 하는 빈도수가 급격히 줄어들었고 속도 또한 훨씬 빨라졌다. 그건 새롭게 만들어진 잔도를 통과할 때도 마찬가지였다.

잔도를 따라 이동하기를 반 시진.

마침내 선두에 선 황소곤이 입에 채웠던 재갈을 뱉어내며 지면에 내려섰다.

뒤를 이어 화산파의 제자들이 하나둘 도착했다.

황소곤이 처음으로 도착을 한 뒤 그의 뒤를 따랐던 모든 제자가 잔도를 벗어나기까지는 다시 이각 정도가 더 소비되었지만 황소곤의 얼굴엔 미소가 지워지지 않았다.

시간이 촉박하여 너무도 급박하게 만든, 그것도 화산파를 에워싸고 있는 녹림의 이목을 피해서 작업을 진행하느라 많은 인원을 동원할 수가 없었고 작업의 대부분도 밤에 이뤄질 수밖에 없었다.

한데 그렇게 급조한 잔도를 통해서 단 한 명의 이탈자도 없이 모든 이가 무사히 하산에 성공한 것이었다.

"고맙네. 모든 것이 자네 덕이야."

청구자가 황소곤의 손을 잡고 진심으로 고마워했다.

"아닙니다. 저야 명령에 따랐을 뿐이지요. 그리고 잔도를 놓기 위해 애를 쓴 사람들은 따로 있습니다."

"물론 그들에게도 따로 감사를 할 생각이네만 그래도 누구보다 자네의 공이 크다는 것을 모르지 않는다네. 이 은혜는 잊지 않겠네."

청구자의 말에 황소곤이 당치도 않다는 듯 고개를 흔들었다.

"너무도 과분한 칭찬에 정말 몸 둘 바를 모르겠습니다. 저는 그저……"

황소곤의 말은 이어지지 못했다.

청구자와 청진자의 고개가 동시에 좌측 숲을 향해 돌아갔기 때문이었다.

수풀 사이로 초로의 노인이 조심스레 고개를 내밀자 황소곤이 반색을 하며 손짓했다.

"여기요, 영감."

노인이 주변을 두리번거리며 다가올 때 황소곤이 청구자 등에게 미리 언질을 해주었다.

"하오문의 동료입니다. 장 영감이라고 젊어서 서안의 가장 큰 마시장에서 일을 해서 그런지 다른 건 몰라도 말을 다루는 데는 일가견이 있지요."

"왜 이렇게 늦은 거야? 기다리다 눈 빠지는 줄 알았다."

장 영감이 황소곤을 향해 눈을 부라렸다.

"이보다 어떻게 빨리 내려와요? 뭣도 모르면서 그러지 마쇼."

장 영감이 황소곤의 이죽거림에 발끈하려 할 때 황소곤이 슬그머니 물러나며 말했다.

"어서 맹주님의 사형분들께 인사나 드려요."

그제야 아차 싶었던지 장 영감이 얼른 허리를 숙였다.

"미처 몰라 뵈었습니다. 하오문의 장팔이라 합니다."

"화산파의 청구라 하오."

"청진이오."

청구자와 청진이 마주 인사를 했다.

평생 남의 밑에서 허드렛일을 하던 장 영감은 무림에서도 명성이 높은 화산파의 어른을 보게 되자 감격에 찬 표정을 지었다.

"한데 말은 어찌 된 거야, 영감. 왜 보이지를 않아?"

황소곤이 고개를 돌려 빼며 묻자 장 영감이 코웃음을 쳤다.

"걱정하지 마라. 이미 준비를 해두었으니까. 자, 다들 이 늙은이를 따라오시지요."

장 영감은 방금 전, 자신이 모습을 드러냈던 수풀을 헤치며 들어갔다.

바로 그곳에 장 영감이 은밀히 준비한 이십여 필의 말이 한데 모여 있었다.

한가로이 쉬고 있던 말들이 낯선 자들의 등장에 동요하는 기색을 보이자 장 영감이 바삐 움직이며 놀란 말들을 달랬다.

"진정들 해라. 괜찮아. 겁먹을 것 없어."

몇 마디 말을 던지고 콧잔등을 쓸어주는 것만으로도 흥분한 말들이 빠르게 진정을 했다.

"자네 말대로군. 말을 다루는 솜씨가 보통이 아닐세."

황소곤과 나란히 서서 장 영감이 말을 달래는 모습을 지켜보던 청구자가 찬탄을 했다.

"예. 확실히 대단하지요."

황소곤이 어깨를 으쓱이며 대답했다.

장 영감에 대한 칭찬이었지만 마치 자신이 칭찬을 받는 것처럼 기분 좋았다.

"그런데 인원에 비해 말의 수가 조금 부족한 것 같소이다."

청진자가 말의 숫자를 세며 말했다.

"근래 들어 말이 귀한데다가 은밀히 구하다 보니 숫자를 채우기가 쉽지 않았습니다. 마시장마다 녹림십팔채 녀석들이 감시의 눈을 번득이는 바람에 고생을 좀 했습니다."

"예? 녹림십팔채가 마시장을 감시한다고요?"

황소곤이 깜짝 놀라 되물었다.

"너야 잔도를 만드는 일에 매달리느라 몰랐겠지만 요즘 녹림십팔채 놈들의 움직임이 예사롭지가 않아. 지원군이 오지나 않을까, 혹여 오늘처럼 탈출을 하지나 않을까 감시의 눈초리를 화산 인근지역까지 확대했다. 게다가 오늘 아침에 그동안 못 보던 놈들까지 진을 치고 있더라."

"그랬구려. 정말 고생하시었소. 고맙소이다."

청진자는 장 영감이 그런 엄중한 감시 속에서도 스무 필이 넘는 말을 구해온 것에 대해 진심으로 고마워했다.

＊　　　＊　　　＊

천천히 방문이 열리자 서류더미에 얼굴을 파묻고 있던

장청이 고개를 쳐들었다.

아직도 어깨에 감겨 있는 붕대를 풀지 못하고 있는 백천이 문에 기댄 채 손을 슬쩍 들어올렸다.

"이 늦은 시간에 무슨 일입니까?"

장청이 술을 달라는 백천의 부탁을 부상에 좋지 않다는 이유로 단칼에 거절하고 때마침 막 우려낸 차를 건네며 물었다.

"그냥. 가슴이 좀 답답해서 산책을 하러 나왔습니다. 편히 자는 게 오히려 이상한 상황이기도 하고요."

유대웅과 마음을 터놓을 수 있는 친구 사이로 발전했지만 백천은 장청을 여전히 어려워했다.

"너무 걱정하지 마십시오. 다 잘될 것입니다."

담담히 얘기를 했지만 장청도 내심 걱정을 하고 있었다.

일을 핑계로 지금껏 잠을 청하지 못하는 것도 바로 그런 이유 때문이었다.

화산파의 무인들을 무사히 탈출시키는 계획을 마련하라는 유대웅의 명에 따라 장청은 가능성이 있는 모든 사안을 점검하며 탈출 계획을 짜기 시작했다.

하지만 장강이북이 천추세가에 완벽히 굴복하고 화산파 주변이 녹림십팔채에게 완벽하게 장악을 당한 상태인지라 계획을 수립하기가 보통 까다로운 것이 아니었다.

천추세가가 언제 공격을 해올지 모르는 상황에서 지원 병력을 보낼 수도 없었고 화산파가 자력으로 탈출하도록 돕는 방법도 불가능한 일이었다.

특히 큰 문제는 천추세가의 날카로운 이목을 피해 일을 도모해야 한다는 것이었는데 설사 화산파 제자들을 탈출시키는 데 성공은 한다고 하더라도 저들의 눈을 피해 장강수로맹까지 무사히 도착할 방법이 보이질 않았다.

그렇게 고심에 빠져있을 때 백천 또한 그 나름대로 심각한 고민을 하고 있었다.

큰 부상을 당한 채 이생당에 칩거하고 있었지만 백천은 무림의 상황은 면밀히 관찰하고 있었고 장차 황하련에 다가올 위기를 직감했다.

황하련은 강했다.

조부 역시 무림십강의 한 사람으로 막강한 무력을 자랑했다.

천추세가가 주변 문파를 초토화시키면서도 황하련을 건들지 않고 지나갔다는 것이 황하련의 위상을 대변하는 것이었다.

하지만 엄밀히 따져보면 천추세가는 황하련보다 훨씬 더 강했다.

천추세가의 가주 역시 조부보다 강했다.

무엇보다 다음 행보를 준비하는 천추세가에게 황하련은 입속에 가시와도 같은 존재. 결코 그냥 두지 않을 터였다.

현재 이 상태라면 황하련의 미래는 없다고 판단한 백천은 장청에게 자신의 고민을 털어놓았다.

그리고 그 순간, 장청의 머리에 번뜩이는 계획 하나가 떠올랐다.

장청은 곧바로 백서진과 접촉을 했다.

백서진과는 이미 한차례 황하련의 위기에 대해서 의견을 주고받은 적이 있기에 말을 하기가 편했다.

장청의 계획을 전해들은 백서진은 적극적인 지지를 보내며 황하련이 장청의 계획에 동참하지 않더라도 최소한의 도움은 주기로 다짐을 했다.

그 약속이란 다름 아닌 화산파를 탈출한 화산파의 제자들을 육로가 아닌 수로로, 그리고 해로로 장강수로맹까지 이송한다는 것이었다.

백천과 주고받은 원래의 계획은 황하련 또한 화산파와 함께 장강수로맹으로 피신을 하는 것이었지만 그 사안에 대해선 아직 결정이 나지 않았다.

황하련의 련주 백규의 자존심이 이를 쉽게 용납하지 않

았기 때문이었다.

"시간이 너무 촉박해서 걱정입니다. 녹림십팔채의 움직임이 심상치 않다는 보고만 없었어도 이리 서두르지는 않았을 텐데요."

장청이 한숨을 내쉬었다.

"황하련 주변의 분위기도 심상치 않게 돌아가는 것 같던데요. 아닙니까?"

백천의 물음에 장청이 고개를 끄덕였다.

"맞습니다. 그쪽도 확실히 문제가 있지요. 특히 무당파를 무너뜨린 괴물들이 복귀하고 있다는 보고가 마음에 걸렸습니다. 일단 복귀하는 방향에 황하련이 있는 것은 아니지만 생각보다 거리가 가깝습니다. 만약 작심을 하고 북상을 시작한다면 이틀 내에 황하련에 도착할 정도니까요. 그리고 그 괴물들이 황하련을 공격하는 순간……."

"끝장이 나는 것이겠지요."

"예. 아직까지 그놈들을 막을 방법은 없는 것 같습니다. 방법이 있다면 오직 하나 압도적인 힘으로 머리를 날려 버리는 것 같은데 그게 쉽지가 않습니다. 이미 그놈들 자체가 상당한 무공을 익힌 놈들이라서요."

"후~ 그래서 답답합니다. 조부님께선 아직도 고집을 꺾고 계시지 않으니."

백규는 백서진을 비롯하여 많은 이가 일단 몸을 피해야 한다는 의견을 내놓고 있었지만 황하련의 터전을 버리는 일은 있을 수 없는 일이라며 간단히 무시하고 있었다.

　현재까지는 그랬다.

　그러나 분명 바뀔 가능성도 있었다.

　"그래도 화산파에 도움을 주신다고 하셨으니 얼마나 다행인지 모릅니다."

　"그동안 맹주에게 빚진 게 많으니까요. 굳이 그런 이유가 아니더라도 화산파를 돕는 일인데 체면상 외면하시지 못했을 겁니다."

　"아무튼 주사위는 던져졌고 지금 이 순간, 화산파의 제자들을 구하기 위한 작전은 시작되었을 겁니다. 계획의 성패는 아침은 되어야 밝혀지겠지요."

　"더불어 조부님의 선택도 확인할 수 있겠네요."

　백천이 찻잔을 들었다.

　마주 앉은 장청도 찻잔을 들었다.

　"이 밤. 정말 길 것 같습니다."

　장청의 말과 함께 두 사람의 찻잔이 마치 술잔인 양 허공에서 부딪쳤다.

*　　　*　　　*

두두두두.

이십여 기의 말이 새벽 공기를 가르며 질주하고 있었다.

선두에서 일행을 이끌고 있는 사람은 황소곤이었다.

말을 접할 기회가 그다지 많지 않았던 화산파 제자들에 비해 그의 기마술은 발군이었다.

뒤따르는 화산파 제자들보다 한참을 먼저 움직이며 혹여 의심될 만한 일이나 적의 매복은 없는 철저하게 살피고 또 살폈다.

때로는 일행을 이끄는 수장으로, 때로는 일행의 안전을 책임지는 척후로서 분주히 움직이는 황소곤을 보며 청구자와 청진자는 감탄을 금치 못했다.

"대단한 친구 아닌가?"

"예. 무공이 다소 받쳐주지 못하는 것이 아쉽습니다만 이미 그 자체로도 어느 누구보다 뛰어나군요."

"하오문에서도 손꼽히는 요원이라더니 과연."

청구자는 척후병의 역할을 마치고 되돌아오는 황소곤을 반겼다.

"고생했네. 이상한 점이라도 있는가?"

"딱히 수상한 자들은 발견하지 못했습니다."

"다행일세. 하긴, 이 시간에 움직이는 자들이 우리말고 또 있을까?"

청구자가 허허로운 웃음을 흘리자 황소곤이 조심스런 어투로 말했다.

"그래도 긴장을 놓으셔선 안 됩니다. 극호채와 만날 때까지는 조심, 또 조심해야 합니다."

"알고 있다네. 그리고 당연한 것이지."

황소곤에 대한 믿음이 굳건한 청구자는 그의 말에 전적으로 동의를 했다.

"이제 저곳만 넘으면 위하의 모습이 보일 것입니다."

황소곤이 가리킨 곳은 화산의 마지막 줄기라고 할 수 있는 휴운령(休雲嶺)이었다.

구름마저 쉬어간다는 이름을 지녔지만 그만큼 높거나 험한 곳도 아니었고 동네 어디서든 흔히 볼 수 있는 밋밋한 언덕이나 다름없었다.

길도 비교적 넓어 일행이 빨리 이동을 해도 별 무리가 없을 듯싶었다.

"자, 조금만 더 힘을 내십시오. 이제 다 왔습니다."

어느새 일행의 후미로 달려간 황소곤이 말을 타는 것을 어색해 하고 불편해하는 제자들을 독려하고 다독이며 활기를 심어주었다.

그렇게 얼마를 갔을까?

선두에 선 청진자의 말이 막 휴재령에 접어들 때였다.

갑자기 말을 멈춘 청진자가 손을 들어 뒤따르는 이들의 움직임도 멈추게 했다.

"무슨 일이십니까?"

앞으로 달려온 황소곤이 긴장된 얼굴로 물었다.

청진자는 아무런 대답도 하지 않고 휴재령 주변을 둘러보았다.

뭔가를 알아차린 것인지 청진자의 얼굴이 조금씩 굳어지기 시작했다.

그럴수록 황소곤의 마음은 불안하기만 했다.

작전 성공을 눈앞에 둔 지금, 자칫하면 모든 것이 수포로 돌아갈 수 있었다.

"불청객이 있는 것 같네."

청구자가 청진자를 대신해 대답했다.

"불청… 객이라니요? 조금 전, 제가 다녀갔을 때만 해도 아무런 이상이 없었습니다."

"저들의 은신하고 있음을 자네가 미처 간파하지 못했거나 아니면 이제 막 도착하였거나 둘 중 하나겠지."

청구자가 대답과 함께 검을 빼 들었다.

청진자는 이미 날카로운 기세를 뿜어내고 있었다.

그들의 움직임을 비웃기라도 하듯 하늘 위로 신호탄 하

나가 쏘아져 올라갔다.

꽝!

허공에서 산화하는 모습이 아름답기까지 했지만 그 신호
탄은 화산파 제자들에겐 지옥에서 부르는 초대장과 같은
것이었다.

"어찌해야 합니까?"

정진 도장과 광진 도장이 달려와 물었다.

"여기서 머뭇거릴 시간이 없다. 신호탄을 봤으니 곧 인근
에 있는 모든 도적놈이 몰려올게야."

청구자와 청진자의 시선이 허공에서 얽히고 같은 생각을
했는지 동시에 고개를 끄덕였다.

"이제부터는 정진 네가 제자들을 이끌어라."

"예?"

정진 도장이 깜짝 놀라 되물었지만 청구자의 시선은 이
미 망진과 광진 도장에게 향해 있었다.

"망진과 광진은 정진을 잘 도와줘야 할게야."

청구자는 그들의 대답을 들을 생각도 없다는 듯 곧바로
말고삐를 낚아챘다.

히히히힝!

거칠게 투레질을 한 말이 청구자의 외침 한마디에 화살
처럼 쏘아갔다. 청진자의 말이 질세라 그를 뒤쫓았다.

"사백님!"

"사숙!"

뒤에 남은 이들이 그들을 불렀을 때 청구자와 청진자는 이미 순식간에 멀어진 뒤였다.

단숨에 휴운령에 접어든 청구자와 청진자가 안장을 박차고 허공을 뛰어올랐다.

청구자는 왼쪽 숲으로, 청진자는 오른쪽 숲으로 각각 사라졌다.

곧바로 거친 욕설과 함께 악에 받친 함성이 터져 나왔다.

"죽여랏!"

"공격해!"

눈에는 보이지 않았다.

하지만 보이지 않는다고 모르는 것은 아니었다.

정진 도장은 청구자와 청진자가 만들어준 기회를 놓쳐서 안 된다고 판단했다.

"멈추지 마라. 최대한 빠른 속도로 이동한다. 선봉을 부탁하네."

정진 도장이 후미에서 때마침 달려온 황소곤에게 선봉을 맡겼다.

"알겠습니다."

"망진 사제가 함께하게."

정진 도장은 혹시 모를 위험에 대비해 망진 도장을 황소 곤 곁에 붙였다.

"광진 사제는 나와 함께 후미 쪽을 책임지도록 하지."

"예. 사형."

광진 도장이 불안에 떨고 있는 제자들을 달래기 위해 이동했다.

"출발!"

정진 도장의 외침과 동시에 잠시 멈췄던 말들이 일제히 질주를 시작했다.

선두에 선 황소곤이 쭉쭉 속도를 내자 고삐를 쥔 주인의 의지와는 상관없이 말들이 경쟁적으로 속도를 내기 시작했다.

제대로 말을 다루지 못해 애를 먹었던 제자들도 이때만큼은 필사적으로 채찍질을 하며 말을 몰았다.

화산파의 제자들은 앞서거니 뒤서거니 하며 단숨에 휴운령을 타고 넘었다.

생각 외로 별다른 공격은 없었다.

잔뜩 긴장을 했던 탓에 오히려 맥이 빠졌다.

위기를 벗어났다고 판단한 정진 도장이 고삐를 늦추며 휴운령을 응시했다.

앞서 달려갔던 망진 도장이 정진 도장의 곁으로 다가왔다.

"사백님은요?"

"아직."

정진 도장이 굳은 표정으로 고개를 흔들었다.

하지만 휴운령의 좌우측 언덕에서 청구자와 청진자가 뛰어내려오는 것을 확인하고는 이내 활짝 웃었다.

"사숙!"

"사백님!"

정진 도장과 망진 도장이 청구자와 청진자를 불렀다.

잔뜩 걱정하던 화산파의 제자들도 환호성을 지르며 두 사람의 무사귀환을 반겼다.

그런데 극성의 경공술을 펼치며 일행을 곧바로 따라잡은 두 사람의 입에선 오히려 불호령이 떨어졌다.

"멍청한 놈들. 여기서 뭣들 하느냐!"

"어서 이동해라!"

당황하는 제자들을 보며 청진자의 언성이 또다시 높아졌다.

"놈들은 단순히 휴운령을 감시하는 척후에 불과했다. 그 수도 열 명이 채 되지 않았어. 문제는 놈들이 쏘아올린 신호탄이다. 이제 곧 적들이 벌떼처럼 달려올 것인데 대체 여기서 뭣들 한단 말이냐?"

그제야 아차 싶었던 정진 도장이 고개를 떨궜다.

"죄, 죄송합니다."

가볍게 혀를 찬 청진자가 황급히 황소곤을 찾았다.

"극호채는 어디에서 기다리고 있지?"

"상중(桑中)에서 기다리기로 했습니다."

"상중이라면……."

"위하를 따라 동쪽으로 십 리 정도 내려가야 합니다. 원래는 이곳 근처에서 대기를 하려고 하였으나 수심이 얕고 외부에 너무 노출이 되어 장소를 바꿨습니다."

"앞장서게."

"알겠습니다."

황소곤이 맨 앞에서 달릴 준비를 할 때 청진자는 저 멀리서부터 들려오는 진동을 느끼고 있었다.

"무슨 일이 있어도 뒤를 돌아보지 마라. 오로지 앞만 보고 달려. 멈추지도 말고 속도를 늦춰서도 안 될 것이다. 가랏!"

청진자의 외침에 황소곤을 필두로 또다시 질주가 시작되었다.

청진자와 청구자가 어깨를 나란히 하고 그들의 뒤를 쫓았지만 속도는 빠르지 않았다.

이유는 간단했다.

방금 전, 휴운령에 있던 척후들로 입수한 정보에 의하면

신호탄을 보고 달려올 녹풍대(綠風隊)는 단순한 녹림도가
아니었다.

황토고원을 주무대로 활약하다가 녹림십팔채 총채주에
게 무릎을 꿇은 마적들을 주축으로 하여 만들어진 녹풍대
는 지형이 험한 산에서는 어떤지 몰라도 지금처럼 평지에
선 그야말로 최강의 전투력을 자랑하는 기마대였다.

그걸 증명이라도 하듯 아득하게만 들렸던 울림이 급격하
게 커지더니 어느새 녹색 피풍의를 걸친 녹풍대의 모습이
눈에 들어왔다.

더 이상의 도주는 무의미하다고 판단한 청구자와 청진자
가 눈빛을 교환하더니 그대로 말머리를 돌려 녹풍대를 향
해 달려갔다.

녹풍대를 이끌고 있던 대주 야율제(耶律霽)가 무기를 머
리 위로 들어 빙글빙글 돌렸다.

그러자 중앙에서 야율제를 따르는 이들을 중심으로 두
갈래로 갈라진 병력이 청구자와 청진자를 우회하여 화산파
제자들의 뒤를 쫓았다.

"안 돼!"

청구자가 다급히 외치며 막아보려 하였으나 가히 바람처
럼 내달리는 그들을 막을 방법은 없었다.

"아쉬워하지 마라, 말코. 저승의 문턱에서 어차피 만나게

되어 있으니까. 너희 두 늙은이는 우리가 상대해 주마."

야율제가 스산한 살기를 뿜어내며 말했다.

"네놈 따위에게 당할 우리가 아니다."

차갑게 외친 청진자의 검이 야율제를 향해 쏘아갔다.

하지만 아무래도 마상에서 무공을 사용한다는 것이 생각만큼 쉽지가 않았다.

그에 반해 야율제는 말고삐를 잡아채며 너무도 능숙하게 공격을 피해냈다.

"쯧쯧, 마상 전투의 기본도 되어 있지 않군. 좋아, 오늘 제대로 경험해 보라고."

야율제가 비웃을 흘리며 뒤로 물러나자 그의 수하들이 청구자와 청진자를 에워싸며 그야말로 마음껏 농락하기 시작했다.

청진자와 청구자를 중심으로 하여 원진을 그리기도 하고 방진을 그리기도 했으며 서로 교차해 지나가며 위협을 가하기도 했다.

청진자와 청구자가 탄 말과는 비교도 되지 않을 정도로 빠른 속도로 말을 몰고 있었기에 따라잡을 엄두를 내지 못했다.

게다가 그 움직임이 어찌나 아귀가 잘 들어맞던지 딱히 누구 한명을 공격하기도 애매했다. 그를 노리는 순간, 좌우, 뒤에서 갑자기 무기가 날아들었기 때문이었다.

"네 말이 맞다. 우리는 마상 전투가 무엇인지 전혀 모른다."

청구자가 잡고 있던 고삐를 놓으며 말했다.

"대신 이런 것은 할 수 있지."

안장을 박차고 뛰어오른 청구자.

다리에 충분한 힘이 실렸기 때문인지 허공에서 검을 휘두르는 그의 자세는 조금 전과는 확연히 달랐다.

"크악!"

청구자의 곁을 스쳐지나가던 사내 한 명이 외마디 비명을 지르며 고꾸라졌다.

사내가 타고 있던 말을 이용하여 다시 한 번 도약한 청구자의 검에서 풍기매화, 취영홍하, 월광장조로 이어지는 매화십이검이 펼쳐졌다.

허공에 화려한 검영이 번뜩일 때마다 녹풍대의 입에선 참담한 비명이 터져 나왔다.

애당초 그들은 기마술이 뛰어난 것이었지 개개인의 무공 실력이 특출 난 것은 아니었다.

청진자가 청구자의 공격에 호응하여 타고 있던 말의 안장을 박차고 도약을 하니 그가 땅에 내려섰을 땐 처참하게 널브러진 시신 다섯 구와 함께였다.

순식간에 열둘의 수하를 잃었음에도 야율제는 눈 하나 깜짝하지 않았다.

오히려 흥미롭다는 표정을 지으며 수하들에게 물러나란 손짓을 했다.

"서로의 식대로. 누가 강한가 보지."

여유롭게 웃은 야율제가 다시금 신호를 보내자 일직선으로 늘어선 기마대가 청구자와 청진자를 향해 돌진하기 시작했다.

정면으로 부딪칠 필요가 없다고 판단한 그들이 옆으로 몸을 피하자 기다렸다는 듯 일렬이 이열이 되고 다시 삼열이 되어 충돌을 해왔다.

그럼에도 충돌을 피해낸 청진자와는 달리 다소 실력이 부족한 청구자는 결국 피하지 못하고 돌진하는 기마와 정면으로 충돌하고 말았다.

푸확!

피할 여유도 없이 거대한 핏줄기가 청구자의 온 몸을 적셨다.

그가 내지른 일검에 머리에서 몸통까지 양단된 말이 처참한 몰골로 나뒹굴었다.

그것이 시작이었다.

청구자를 향해 돌격이 집중되었다.

청진자가 돕기 위해 움직이려 하였지만 두 사람은 이미 완벽하게 분리가 되었고 그저 움직일 수 없도록 견제만 하는 청진자와는 달리 청구자에겐 무지막지한 돌격이 계속 이어졌다.

한 번. 두 번. 세 번.

그때마다 돌진하던 말은 머리가, 몸통이, 다리가 잘려 쓰러졌고 말을 몰던 녹풍대원 또한 목숨을 잃거나 치명적인 부상을 잃고 쓰러졌다.

하지만 청구자라고 멀쩡한 것은 아니었다.

기마가 마음먹고 돌진하는 힘은 가히 태산을 무너뜨리고도 남음이 있었고 달려오는 말의 속도에 더해 위에서 내리꽂히는 창은 벼락과 같은 위력을 지니고 있었다.

힘겹게 물리치고는 있었지만 그때마다 엄청난 충격이 고스란히 몸에 전해졌다.

다섯 번째 돌격을 막아내는 과정에서 청구자는 결국 숨이 끊어진 말과 정통으로 부딪치고 말았다.

막는다고 막아 보았지만 고개가 기묘한 각도로 꺾이고 위에서 내리꽂힌 창에 왼쪽 어깨뼈가 박살이 났다.

끊어진 연처럼 날아가는 청구자의 입에서 검붉은 피가 뿌려졌다.

무려 오 장이나 날아가 처박힌 청구자의 몸에선 아무런

움직임도 없었다.

"사형!"

청진자가 청구자의 모습을 보며 피눈물을 흘렸지만 어찌된 일인지 포위망을 뚫고 움직일 수가 없었다.

지금 청진자를 에워싸고 있는 기마대는 장창을 들고서 청진자의 공격을, 움직임을 완벽하게 봉쇄하고 있었다. 마치 한 몸처럼 움직이는 그들의 방어막을 공략하지 못한 청진자가 그들이 타고 있는 말을 노렸지만 그 또한 여의치가 않았다.

실로 놀라운 기마술로 공격을 피하는 것은 물론이거니와 말을 보호하기 위해 사방에서 창날이 날아들었기 때문이었다.

무력감이 밀려들었다.

최선을 다해 공격을 펼친다고 하였지만 스스로 생각하기에도 너무도 느리고 단조로우며 허술해 화가 날 정도였다.

'대체 왜!'

이유는 알 수가 없었다.

그저 청구자가 무참히 쓰러진 것에 대한 충격 때문이라 막연히 추측할 뿐이었다.

청진자는 아무것도 하지 못하는 자신의 무능함을 견디지

못하고 결국 검을 늘어뜨리고 말았다.

열 자루의 장창이 기다렸다는 듯 청진자의 목을 향해 날아들었다.

"그만!"

야율제의 명에 청진자의 숨통을 끊어놓기 위해 움직였던 창이 일제히 멈췄다.

야율제는 승자의 여유로운 미소를 지으며 말에서 내려섰다.

청진자는 자신을 향해 다가오는 야율제를 보면서도 손가락 하나 까딱할 수가 없었다.

"이제는 알겠지, 말코? 누구의 방식이 더 강한지 말이야."

"……."

청진자는 아무런 대답도 하지 못했다.

"충분히 깨달은 것 같군."

야율제가 손을 뻗자 수하 하나가 검을 건네주었다.

검을 쥔 야율제가 천천히 자세를 잡았다.

"편히 보내주지. 승자의 아량으로."

바로 그 순간이었다.

"승자의 아량 같은 소리 하고 있구나!"

"웬 놈……."

소리를 채 지르기도 전에 자신의 검을 휘감고 오는 뭔가에 놀란 야율제가 검을 놓고 물러났다.

땅에 떨어진 검이 질질 끌리며 한 노인의 손에 들어갔다.

허름한 마의에 그다지 큰 키도 아니었고 주름진 얼굴은 어디에서나 흔히 볼 수 있는 얼굴이었다.

하지만 야율제는 숨조차 제대로 쉴 수가 없었다.

존재감.

바로 엄청난 존재감이 노인에게서 전해져 왔기 때문이었다.

"뭐, 뭐하는 늙은이냐?"

순간, 노인의 얼굴에 차가운 미소가 지어졌다.

"늙은이? 녹림의 애송이가 그리 가르치더냐?"

야율제의 심장이 덜컥 내려앉았다.

노인이 말하는 녹림의 애송이가 누구인지는 뻔한 것.

녹림십팔채의 총채주를 애송이라 부를 수 있는 사람이 천하에 몇이나 될 것인가!

"어, 어르신은 누구십니까?"

콧대가 하늘 높을 줄 모르고 치솟았던 야율제가 자신도 모르게 경어를 사용했다.

"약한 자에겐 한없이 강하고 강한 자에겐 바로 고개를 숙이는 거지 같은 근성을 가진 놈이로구나."

청구자와 청진자를 졸지에 나약한 인간으로 만들어버린 노인은 야율제 따위에게 볼일도 없다는 듯 여전히 멍한 표정을 짓고 있는 청진자를 향해 걸어갔다.

"쯧쯧, 제대로 당했군."

혀를 차는 노인의 눈에 처참한 몰골로 쓰러진 청구자의 모습이 들어왔다.

재빨리 달려가 상세를 살펴보았지만 청구자는 이미 절명을 한 상태였다.

"너무 늦고 말았구나. 녀석의 얼굴을 어찌 볼꼬."

노인의 입에서 안타까운 탄식이 터져 나왔다.

노인의 존재감에 완전히 기가 죽었던 야율제가 퍼뜩 정신을 차렸다.

한쪽 무릎을 꿇고 청구자의 시신을 안고 있는 노인의 뒷모습은 왜소하기 그지없었다.

조금 전, 청구자와 청진자를 모욕하던 표정이 다시 살아났다.

야율제가 수하들을 향해 은밀히 눈짓을 보냈다.

수하들이 준비가 되었다는 것을 확인한 야율제가 튕기듯 물러나며 소리쳤다.

"쳐랏!"

명령이 떨어짐과 동시에 이십여 자루의 장창이 노인을

향해 짓쳐 들었고 사방에서 기마가 들이닥쳤다.

일시에 모든 힘이 집중되다 보니 결과를 알아보기 힘들 정도로 짙은 먼지가 피어올랐다.

먼지가 가라앉을 즈음, 잔뜩 기대를 하고 노인이 있던 자리를 살피던 야율제는 노인은커녕 엉뚱하게도 수하 하나가 널브러져 있는 것을 보곤 깜짝 놀랐다.

노인을 찾아 시선을 이리저리 시선을 돌리는 야율제.

노인은 땅바닥에 널브러진 사내의 말 등에 우뚝 서 있었다.

"네놈이 이런 종자인 줄은 진작 알고 있었다."

노인이 팔뚝에 둘러놓았던 금편을 천천히 늘어뜨리며 말했다.

금편을 응시하는 야율제의 눈이 점점 커졌다.

그의 시선이 금편에서 노인에게 향했다.

너무도 평범한, 그러나 태산과도 같은 위압감을 지니고 금편을 무기로 사용하는 사람은 기억하기에 한 사람뿐이었다.

"구, 구룡금편……."

야율제의 한마디에 녹풍대의 움직임이 그 자리에서 얼어붙었다.

"어, 어르신께서 황하련의 련주 구, 구룡금편 백규 련주님이 맞으십니까?"

　야율제가 덜덜 떨리는 음성으로 물었다.

　백규의 입가에 진하디진한 살소가 맺었다.

　"그게 네놈이 죽어야 하는 이유다."

『장강삼협』15권에 계속…

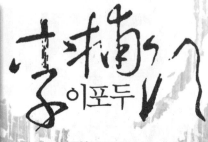

이포두

노주일 新무협 장편 소설
FANTASTIC ORIENTAL HEROES

청어람이 발굴한 신인 「노주일」
그가 선사하는 즐거운 이야기!

내 나이 방년 스물셋. 대륙을 휘몰아치는 전쟁에서
간신히 살아남아 고향으로 돌아왔다.
사실 전쟁은 이미 이기고 지는 건 문제도 아니었다.
단지 전후 협상만이 탁상공론으로 오고 갔을 뿐.
하지만 전쟁터에서는 항시 사람이 죽어 나갔다.
이유도 알지 못한 채 그냥.
그러던 차에 전후 협상처리가 되고 나서 전역했다.
그리고는 곧장 뒤도 돌아보지 않고 고향으로!

『이포두』

내 가족과 내 친구가 있는 곳으로!

Book Publishing CHUNGEORAM

유행이 아닌 자유추구 -
WWW.chungeoram.com

면왕 백리휴

무진등 新무협 판타지 소설

FANTASTIC ORIENTAL HEROES

'맛있는' 무협이 펼쳐진다!

가문의 선조가 남긴 비서
'백리면요결(百里麵要訣)'
모든 이야기는 이 서책으로부터 시작되었다.

『면왕 백리휴』

면요리의 극의를 알고자 하는 자,
모두 나에게로 오라!

FUSION FANTASTIC STORY

죽은 자들의 왕

페리도스 퓨전 판타지 소설

공전절후! 쾌감작렬!
청어람이 선보이는 판타지의 신기원!

『죽은 자들의 왕』

대륙 최고의 어쌔신 길드, 블랙 클라우드.
어느 날 내려진 섬멸 명령으로 인하여 하루아침에 멸망했다.

그러나……

"오랜만이다, 동생아."

어릴 적 헤어진 동생을 찾아 국경을 넘은 그레이너.
그러나 동생은 죽음의 위기를 겪고,
이제 동생의 모습으로 새로 태어난 그레이너가
모든 음모를 파헤치며 나아간다.

사라졌다 여겨진 전설이 끝나지 않고,
이제 대륙을 뒤흔드는 폭풍이 되리라!

Book Publishing CHUNGEORAM

유행이이닌 자유추구 -
WWW.chungeoram.com

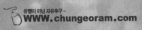

요람 新무협 판타지 소설 FANTASTIC ORIENTAL HEROES

귀환병사

국내 최대 장르문학 사이트를 휩쓴 화제작!
여름의 더위를 깨뜨리며 차가운 북방에서 그가 온다.

『귀환병사』

열다섯 나이에 북방으로 끌려갔던 사내, 진무린
십오 년의 징집을 마치고 돌아오다.

하지만 그를 기다린 것은 고아가 된 두 여동생, 어머니의 편지였다.
그리고 주어진 기연, 삼륜공……

"잃어버린 행복을 내 손으로 되찾겠다!"

진무린의 손에 들린 창이 다시금 활개친다.
그의 삶은 뜨거운 투쟁이다!

FUSION FANTASTIC STORY

HUNTER MOON

헌터 문

이훈 장편 소설

보름달이 떠오르면 밤의 사냥이 시작된다.
헌터문(Hunter-Moon), 사냥꾼의 달.

귀계의 밤이 열리며 저물지 않는 달이 떠올랐다.
실체 없는 힘을 좇아 명맥을 이어온 퇴마사들.

이제 그들로 인해 세상이 뒤바뀐다.
[미녀들과 귀신 탐험대]의 사이비 퇴마사 예응종과
그의 가족들이 펼치는 좌충우돌 퇴마기.

"퇴마사는 얼어 죽을! 그거 다 쇼야!"
"저기 하늘에 구멍이 뚫렸는데요?"
"으잉?"

Book Publishing CHUNGEORAM

WWW.chungeoram.com

허담 新무협 판타지 소설

FANTASTIC ORIENTAL HEROES

수선경
水仙經

작은 샘이 바다로 모여들 듯,
만류의 법이 하나로 회귀하듯,
다섯 개의 동경이 드디어 하나로 모인다.

검을 만드는 사람과
검을 쓰는 사람,
그리고 검을 버리는 사람의 이야기!

천명을 타고 태어난 **청풍**과 **강검산**
그리고 혈로를 걸어온 살수 **타유**,
그들이 다섯 줄기의 피의 숙명과 마주한다.

Book Publishing CHUNGEORAM

유행이 아닌 자유추구 -
WWW.chungeoram.com